자미소 장편소설

FUSION FANTASTIC STORY

GRAND SLAM

그랜드슬램

그랜드슬램 ㅁ
자미소 장편소설

초판 1쇄 찍은 날 § 2017년 5월 16일
초판 1쇄 펴낸 날 § 2017년 5월 23일

지은이 § 자미소
펴낸이 § 서경석

편집책임 § 이창진
편집 § 최지원

펴낸곳 § 도서출판 청어람
등록번호 § 제387-1999-000006호
등록일자 § 1999. 5. 31
어람번호 § 제1-2694호

주소 § 경기도 부천시 부일로 483번길 40 서경B/D 3F (우) 14640
전화 § 032-656-4452 팩스 § 032-656-4453
http://www.chungeoram.com
E-mail § chungeorambook@daum.net

ISBN 979-11-04-91328-0 04810
ISBN 979-11-04-91038-8 (세트)

C O N T E N T S

Chapter 70
클레이 시즌의 끝을 향해

기대하지 않았던 선물을 받은 아이처럼, 깜짝 놀랄 만큼 기뻤던 이재림과의 1라운드가 끝났다.

승자와 패자 서로가 만족한 상황이지만, 한 명은 살아남고, 한 명은 짐을 싸야 한다는 냉엄한 현실이 기다리고 있었다.

익숙해졌음에도, 토너먼트 도중에 탈락을 하여 다른 대회를 참가하기 위해 짐을 챙기는 것 자체의 고통엔 조금의 경감도 없었다. 아무리 낙천적이어도 조금은 기가 죽게 마련.

등으로 심경을 뿌려대는 이재림을 바라보는 영석의 눈이 차분하다.

"오스트리아?"

"두말하면 잔소리지."

방문 틀에 비스듬히 기대어 이재림이 짐을 싸고 있는 것을 바라보고 있던 영석이 묻자, 이재림은 담담하게 답했다.

함부르크 대회 이후의 일정은 오스트리아 푈튼에서의 대회 하나와 롤랑가로스(프랑스 오픈)뿐이다.

이 두 대회만 끝나면 그토록 영석을 괴롭혔던 클레이 시즌은 끝이 나는 것이다.

'…….'

자신에게는 '고생'이 되는 시즌이지만, 이재림에게는 두각을 나타낼 수 있는 대회가 고작 두 개뿐이 남아 있지 않은 상황.

"우승해라."

잘해라, 몸조심해라… 같은 격려의 뜻이 아닌, 반명령조.

이재림이 움찔 몸을 떨더니 답했다.

"아무렴. 오스트리아, 프랑스… 내 인생을 걸 거야."

목구멍으로 칼을 삼킨 듯, 꺼끌꺼끌하며 섬뜩한 기세가 이재림의 몸을 타고 흐른다.

'뭐 인생까지야…….'

찬물을 끼얹을까 고민하던 영석은 고개를 젓고는 몸을 바로 세우고 방을 떠나갔다.

"그럼 살펴 가시길 바랍니다."

영석의 정중한 배웅을 받는 선수는 단둘.

이재림과 이형택이었다.

이번에도 사이좋게(?) 1회전 탈락을 한 둘은 선택의 여지없이 각자의 일정에 맞춰 서둘러 길을 떠나는 수밖에 없었다.

익숙해진다는 것이 결코 좋은 일은 아니었으나, 피차간에 이런 상황이 어색하지 않게 느껴졌다.

"후딱후딱 해치워야지."

두 사람의 뒷모습을 말없이 바라보던 영석이 기지개를 커더니 작게 읊조린다.

클레이 시즌의 끝을 달리고 있는 지금, 후련함과 묘한 아쉬움이 마음속에서 소용돌이치고 있었다.

*   *   *

'종합선물세트구나.'

2라운드의 상대는 정말 감사하게도 또다시 나달이었다.

'너로 말미암아 다시금 나는 강인함을 얻을 수 있겠지.'

잔뜩 기대가 되었다.

6 : 4, 6 : 2.

나달과의 경기는 영석의 압도 끝에 휑한 스코어를 기록하며 끝났다.

세계에서 페더러와 나달을 가장 높게 평가하는 이는 오로지 영석뿐이었고, 영석은 이 둘을 상대함에 있어 늘 혼신의 힘을 다했다. 그리고 그에 따른 달콤한 과실은 승리뿐만이 아닌, 기량의 상승까지도 포함되었다.

어찌 보면 페더러와 나달은 실로 공포스러운 적과 매번 마주하게 되는 것이다. 아마도 평생을 괴롭힐 적 말이다.

코스, 템포, 강약… 이 모든 것이 조화된 상태에서 영석이 보일 수 있는 한계치는 49분할.

이재림과의 시합 덕분일까.

나달과의 대전이 두 번째인 탓일까.

공교롭게도 두 선수 모두 빠른 공보다는 상대적으로 느린 공을 주 무기로 삼는 선수였다.

세계 최고의 톱스핀을 자랑하는 나달의 공을 상대로, 영석은 이를 64분할까지 늘리는 것에 성공했다.

'음… 이쯤 되면 클레이가 더 길어졌으면 하는 바람도 있는 것 같고……'

그 누구보다 자신의 몸을 체크하는 것에 심혈을 기울이는 영석은 자신이 작게나마 한 단계 성장했음을 절실히 깨달을 수 있었다.

49분할과 64분할은… 차원이 다른 영역의 얘기.

하지만 이것도 클레이 한정의 얘기다.

공이 지금보다 전반적으로 빨라지는 하드 코트는 물론이고, 하드 코트보다도 더욱 공이 빠른 잔디에서는 이렇게까지 섬세한 작업을 할 겨를이 없다.

"물론, 잔디와 하드는 원래 스타일대로 하면 되겠지."

영석의 독주를 막을 수 있는 것은, 몇몇의 선수를 제외하면 클레이 코트라는 '환경'뿐이다.

그 클레이에서의 약점을 서서히 지워 나가는 작업.

보다 완전한 테니스 선수를 꿈꿀 수 있는 토대가 되는 일이다.

영석이 개인의 성장에 몰두하게 되면서, 클레이에서의 플레이는 더욱더 수월해지고 있는 상황이다. 자연스레 승리 또한 바늘과 실처럼 따라붙게 마련.

영석은 지금, 아무런 방해물 없이 함부르크에서의 우승을 위해 손쉽게 나아가고 있었다.

3회전 상대는 게스톤 가우디오(Gaston Gaudio). 공교롭게도 몬테카를로의 3회전 상대 역시 게스톤 가우디오였다.

2004년 프랑스 오픈 우승자가 '될' 선수. 하지만 영석은 이 선수의 싹을 잘라 버렸다. 6 : 2, 6 : 3라는 실로 압도적인 스코어로 박살 내버린 것이다.

"휴이트가 탈락했습니다!"

강춘수가 3라운드 전체의 소식을 들고 왔다.

세계 랭킹 1위의 휴이트가 3라운드에서 탈락했다는 것이, 그에게는 굉장한 낭보(朗報)였나 보다. 크게 감정을 표하는 법이 없던 얼굴에 해맑은 미소가 한가득이다.

"그래요? 이번 대회에서도 우승해야겠네요."

자신의 손으로 거꾸러뜨리는 것이 아니라면, 별 관심이 없는 영석이었지만, 모처럼 강춘수의 장단에 맞춰줬다.

"QF 상대도 정해졌습니다."

강춘수가 금세 신색을 정돈하고는 영석에게 하나의 이름을 가르쳐 줬다.

Olivier Rochus.

"……?"

벌써 QF까지 왔나… 라는 생각을 뒤로하고 눈에 들어오는 철자를 한참 동안 바라보던 영석은 고개를 모로 꺾으며 떠올리려고 애를 썼다.

'만났었나……?'

이름이 낯선 것은 둘째 치고, 아예 시합도 해본 적이 없는 선수인 것 같았다.

"전 역시 대전운이 좋네요."

영석이 씩 웃으며 강춘수의 꿈에 불을 지펴주었다.

*   *   *

QF.

영석은 대전운이 좋다는 자평(自評)에 걸맞은 승리를 거뒀다.

상대인 Olivier Rochus은 변변한 저항 한 번 하지 못하고 맥없이 6 : 2, 6 : 0이라는 치욕적인 스코어로 대패하고야 말았다.

오히려 1, 2라운드의 이재림과 나달이 실력으로나 기백으로나, 영석에겐 더욱 큰 긴장감을 줬었다.

'실력대로 성적이 결정되는 건 아니라지만…….'

토너먼트는 예컨대 '운'이 50% 정도는 작용한다.

대전운이 좋으면 같은 실력을 갖고도 어느 대회에서는 입상권에 들고, 어느 대회에선 초반에 탈락하고 만다.

'그래도 우승하는 사람은 어떤 대전이든 우승하지.'

조금은 아쉬웠다.

이재림과의 시합이 1라운드가 아니라 결승이었다면… 이라는 생각을 지울 수 없었다.

그리고 SF.

4강 명단이 확정되었다.

영석은 바로 전 대회인 로마에서 한차례 격돌한 적 있었던 '기예르모 코리아'와 4강을 치르게 되었다.

'허, 이건 또…….'

공교롭게도 4강 명단에서 영석을 제외하면 모두가 아르헨티나 선수들이었다.

'확실히 남미는 스페인과 쌍벽이지… 클레이 강국이라…….'

씨익 웃은 영석이 펜으로 세 명의 이름 위에 선을 획획 그었다.

'다 지워줘야지.'

느리게, 그러나 다른 이의 눈에는 혁신적으로 발전하고 있는 영석을 상대하기엔, 기예르모 코리아는 시간이 부족했다.

고작 1주일.

1주일 사이에 영석은 코리아와의 격차를 더 벌려놨던 것이다.

7 : 5, 6 : 4.

그래도 명성에 걸맞게, 함부르크에서의 이재림 이후 처음으로 게임 듀스까지 끌고 간 코리아였지만, 끝내 영석의 벽을 넘지는 못했다.

Final.

호주 오픈에서 영석과 대전했었던 이번 대회 8번 시드 다비드 날반디안(David Nalbandian)을 6 : 4, 6 : 1이라는 충격적인 스코어로 이기고 올라온 Agustin Calleri이 영석의 결승전 상대로 정해졌다.

"클레이 시즌은 유독 같은 선수를 또 만나게 되는 경우가 많네요."

강춘수가 상대의 이름을 확인하고는 혀를 찼다.

"그러게요. 지겨울 정도예요."

아구스틴은 에스토릴 오픈에서 영석과 시합을 했던 선수.

당시 영석은 이 선수를 상대로 1세트를 뺏기며 위태로운 출발을 했었다.

클레이라는 환경에 걸맞지 않은 빠르고 강력한 스트로크를 무기로 영석을 정신없이 몰아쳤던 이 선수는, 영석이 '평소 스타일대로 해보자!'라는 다짐을 하게 만든 고마운(?) 선수였다.

'오래전 얘기 같군.'

지겹다고 말은 했지만, 영석은 내심 에스토릴과 지금 이 순간의 간극에 대해 놀라움을 금치 못하고 있었다. 클레이 시즌을 알리는 첫 대회인 에스토릴과, 종반을 향해 달리고 있는 길목에 놓인 함부르크.

두 대회의 간극은 고작 한 달 남짓이다.

하지만 그사이 의식의 전환이 몇 번 이루어졌을까.

그때의 자신과 지금의 자신은 너무나도 큰 차이를 보이고 있었다.

'내가 바뀐 만큼, 당신도 바뀌었기를.'

영석은 보다 재밌고, 스릴 있는 결승을 위해 상대의 발전을 빌어줬다.

*　　　　*　　　　*

쾅!!

아구스틴의 라켓이 허공에 곧은 궤적을 그리자, 소름 끼치는 타구음이 뒤따라온다.

쉬익—

여지없이 곧은 직선을 그리는 공은, 마치 영석의 공과도 흡사해 보였다.

후두둑—

머리카락을 타고 흐르던 땀의 줄기들이 방울져 바닥으로 몸을 던진다.

흩어지는 땀방울을 가르며 영석이 몸을 던진다.

"후욱, 후욱……."

획— 쾅!!

공에 따라붙고 섬전처럼 휘두르는 스윙에는 정교함 대신 난폭함이 서려 있었다.

'저 인간이랑 시합하면… 클레이같지 않단 말이지.'

타점을 조절하여 원하는 곳에 따박따박 공을 보내고 상대를 외통수에 몰리게끔 만드는, 바둑과도 같은 플레이는 지금 불가능한 상황이다.

—누가 더 강하고, 누가 더 빠른가.

테니스, 아니, 스포츠의 본질에 가까운 사나운 다툼이 코트를 수놓고 있는 것이다.

쾅!! 펑!!!

다시금 한차례 빛줄기를 주고받은 두 선수는 코등이싸움(칼을 맞대고 힘겨루기를 하는 것)을 끝내고는 숨을 고르며 공을 던져주고 있었다.

'…내가 먼저 할까?'

공을 보낸 영석이 아구스틴의 공을 기다리며 생각을 정리하려는 찰나.

퉁—

마치 그 생각을 읽었다는 듯, 아구스틴이 드롭을 시도한다.

'어림없지!'

탓, 차차차악!!

영석이 땅을 박차고 빠르게 쏘아져 나간다.

휙—휙—

주변의 풍경이 일그러지기 시작하며 영석의 집중력이 최고조를 찍는다.

'왔군.'

치명적일 정도의 중독성이 있는 감각이 영석의 몸을 잠식해 간다.

빨간색 점토조차 영석의 시야에서 날아가며, 남은 것이라곤 공과 네트, 그리고 아구스틴뿐.

색감이 뭉쳐지는 듯한 환상에 사로잡힌 영석은, 느긋하게 움직이는 공을 향해 팔을 뻗었다.

퍼어엉!

손목으로 강하게 낚아챈 공이 급격한 곡선을 그리며 떠올랐다가 뚝 떨어진다.

차아아왁!

땅을 박차는 아구스틴이 느릿하게 움직인다.

'실제로는 빠르지. 받아내겠어.'

숨을 천천히 고른 영석이 아구스틴을 주시하며 근육에 긴장감을 불어넣는다.

꾸득, 뿌드득—

발가락에서부터 손끝에 이르기까지.

혈류가 급격하게 증가하며, 근육과 인대들이 크게 긴장을 한다.

퍼어어엉!!

역시나.

달리는 기세를 전혀 죽이지 않고 터뜨린 아구스틴의 러닝 포핸드는 섬광(閃光)이 되어 꼬리조차 남기지 않을 기세로 쏘아져 왔다.

"……!"

움찔 몸을 떤 영석이 알맞은 타이밍에 반응한다.

잘게 쪼갠 사이드 스텝 두 번.

빙글 몸을 돌며 등을 보이고 팔을 쭉 뻗는다.

그 와중에도 발은 미세하게 거리감을 조절한다.

느린 세상과는 달리, 바깥의 세상에서는 연신 '촤촤촤촤촤앗!' 하는 소리가 귀를 때린다.

"후읍!!!"

강하게 숨을 움켜잡아 폐 속으로 눌러놓은 영석이 예리하고 예민한 감각을 손에 모아 공을 다룬다.

투웅—!

묵직한 소리와 함께 영석의 라켓에 몸을 던진 공이 다시 네트를 넘어가 코트 바닥을 찍고는 다시 또르르르르 네트로 굴러온다.

"후우우우……."

길고 긴 날숨과 함께 세상은 다시 원래의 속도로 돌아온다.

"게임 셋 매치 원 바이……."

심판의 선언이 들리자, 영석은 양팔을 번쩍 치켜들었다.

고막을 터뜨릴 것 같은 함성이 영석의 정신을 코트 위에 부유(浮游)하게끔 만든다.

＊　　　　　＊　　　　　＊

온 국민에게 '호주 오픈 우승'이라는 깜짝 놀랄 만한 소식을 안겨준 이영석 선수.

동양의, 그것도 아주 작은 나라 출신의 테니스 선수가 세계 최고의 자리에 오른 그 순간, 테니스 팬으로서, 그리고 국민의 한 사람으로서 뿌듯하고 자랑스러운 마음을 숨길 수가 없었다.

1월에 행해졌던 호주 오픈. 그리고 5월 26일에 열릴 프랑스 오픈(롤랑가로스).

4개월 남짓의 이 시간 동안 이영석 선수는 어떤 행보를 보이고 있을까.

…중략…….

두바이, 에스토릴 등의 작은 대회에서 몇 개의 우승 이력을 추가한 그는, 4개월 동안 열린 다섯 개의 마스터스 시리즈 중에, 네 개 대회에 참가하여 총 세 개 대회에서 우승했다. 우승을 못했던 몬테카를로는 부상을 당해…….

타닥, 탁, 탁.

불 꺼진 방.

스탠드 등의 작은 불빛에 의존하며 박정훈은 기사를 써 내려가고 있었다.

"아니야……."

쓰고 읽고 지우고의 과정을 계속해서 반복하던 박정훈은 베란다로 나가 담배를 꼬나물었다.

"스읍─!"

입안에 들어와 폐 속으로 향하는 유독 물질들의 아릿한 몸부림에 잠시 몸을 축 늘어뜨린 박정훈은 이내 격렬한 기침을 토해냈다.

"우웩!! 컥!!"

선수들과의 만남을 자주 갖게 되는 시간에는 철저하게 담배를 피우지 않는 습관이 든 박정훈.

특히나 예민한 시기인 10대 소년 소녀들을 만나는 그에게 담배란 것은 반드시 몰래 피워야 할 '안 좋은 것'이었다.

'죽겠네…….'

그러다 보니 몸이 점차 건강해지다 못해, 담배를 거부하는(?) 사태까지 일어났다.

그렇다고 모질게 끊지는 못하는 박약한 의지. 잠시간 안 피울 수는 있어도, 아예 영영 끊어야 된다고 생각하면 소름이 끼친다.

"……."

치이익─

자신의 손을 한차례 내려다본 박정훈이 반절도 태우지 못한 담배를, 찰랑거리는 물을 담고 있는 일회용 종이컵에 떨어뜨렸다.

"10년 이상이라⋯⋯."

일곱 살 때의 영석을 처음 만난 이후로, 박정훈은 변함이 없었다.

선수들을 따라다니고, 각종 대회에 취재를 나가고, 자료를 정리하고, 기사를 쓰고⋯⋯.

직함이 올랐다지만, 하는 일의 본질은 변하지 않는 것이다.

유일하게 살아 있다는 것을 느낄 때는, 같은 한국인 선수들의 활약을 볼 때뿐.

대단한 애국심 같은 것은 없다지만, 태극기가 전 세계 코트의 전광판에서 보일 때마다 괜한 자긍심에 몸서리를 치게 된다.

"내가 위인전을 쓰는 건지, 기사를 쓰는 건지⋯⋯."

특히 영석과 진희의 기사를 쓸 때면 거의 제정신이 아니었다.

─이렇게 추앙하는 게 무슨 기사야.

─그럼 냉철하게 객관성을 유지해 볼까?

─단점을 적어보자고.

─그럼에도 우승했는데?

─외신에서도 온통 난리를 떠는데, 내가 왜 침착한 척해야 하지?

정신을 놓고 있으면, 그야말로 위인전처럼 해당 인물의 업적을 기리게 되려는 마음가짐까지 품게 된다.

그게 싫어서 애써 객관적인 척, 담담하게 쓰려다 보니 그것도 유치하다.

'~~에서는 수준급이지만, ~~~한 부분에서는……' 같은 구절이 나올 때면 스스로를 비웃게 된다.

'일단, 따라다니자.'

항상 결론은 '이 선수들의 행보를 잘 기록해서, 후대에 남겨야겠다'는 쪽으로 정리된다.

이제 겨우 3년 차.

아직도 이들의 남은 길은 길고도 멀었다.

'그러고 보니……'

우승 후에 짤막하게 이뤄졌던 영석과의 인터뷰가 떠올랐다.

이번 시합에 대한 내용 말고, 이영석이라는 선수의 가치관을 확인하는 그 내용은 은퇴를 앞두고 있을 때쯤에야 조심스럽게 수면 위로 올라올 것이다.

아까의 담소가 박정훈의 뇌리를 스친다.

"뭐, 이제와 이렇게 말하는 것도 웃기지만, 영석 선수 없이도 인터뷰를 하겠는걸? 내가 답변을 외워 버렸어."

"하… 하하……."

항상 비슷한 대답만 하고, 그런 주제에 늘 우승만 해대니 박정훈으로서는 이영석이라는 선수가 인터뷰하기 참 심심한 선수였다.

"그래도 이번엔 '부상'이라는 키워드가 있으니까, 그걸로 분량을 채울 수 있겠는데요?"

영석이 능청스럽게 박정훈을 위로(?)한다.

사적으로도 너무 친한 사이라, 영석은 박정훈에게 이런 몹쓸 조언도 종종 하곤 한다.

박정훈이 소속된 잡지사의 잡지는 한 달에 한 번 나오는 월간지다.

한 달에 치르는 대회가 많게는 네 개까지 되고, 영석은 그중 두세 개에 참가해 우승을 해버리니, 매달 영석의 분량만 해도 꽤나 많았다.

거기에 진희라는 WTA의 보배 같은 존재가 영석 못지않게 활약을 하고 있어서, 사실상 〈테니스코리아 매거진〉은 이 둘의 분량에 지면을 절반 가까이 할애할 수밖에 없었다.

우승을 한 대회가 하나같이 이름값이 출중한 대회라 과감하게 스킵할 수도 없었다.

이번 함부르크 마스터스만 해도 열 손가락 안에 꼽히는 큰 대회이니 말이다.

"요즘은 '박 기자 연재소설 잘 읽고 있습니다'는 댓글도 있어."

박정훈이 우는소리를 한다.

건조하기 이를 데 없는 영석의 인터뷰는 글의 말미에 넣는다 치고, 그 앞의 수천 자 분량의 글을 창작(?)해야 하기 때문이다.

때로는 선수들의 경기를 장황하게 풀어내기도 하는데, 집중하다 보면 마치 소설처럼 흡입력이 좋은 문장들이 쏟아지기도 한다.

"흘려듣지 마시고 나중에 소설로도 써봐요. 재밌겠네. 제가 100부 정도는 살 의향이 있어요."

영석은 고개를 숙이고 있는 박정훈을 반농담조로 놀렸다.

박정훈이 피식 웃고는 인터뷰 내용을 정리하며 영석의 일정을 짚었다.

"각설하고⋯ 함부르크에서 하루 쉬고, 오스트리아는 스킵. 플로리다에서 3, 4일간 체류하면서 훈련을 한 다음에 롤랑가로스.
맞지?"

"네."

"오스트리아를 스킵하는 건, 체력적인 문제랑 무뎌진 실전 감각
을 다듬기 위해서고."

"어떻게 하다 보니 우승은 했지만, 오스트리아까지 소화하고 롤
랑가로스를 맞이하기엔 한 달 내내 시합해야 하는 일정이 조금 힘
들죠. 실전 감각도 거의 다 올라왔다고 생각하지만, 아직 정리해야
할 게 있는 것 같고요."

박정훈이 수첩의 구석구석을 펜으로 쿡쿡 찌르며 영석의 말을
확인했다.

그러다가 가볍게 웃고는 고개를 들어 영석을 바라봤다.

"아, 맞다."

"……??"

영석이 궁금하다는 표정을 짓자, 조금은 의기양양한 목소리로
박정훈이 입을 털었다.

"요 1, 2년 동안 초등부에 등록된 선수가 그 전에 비해 열 배 가
까이 된다는 거… 모르고 있었지?"

"…열 배요?"

박정훈은 크게 고개를 끄덕였다.

"영석 선수랑 진희 선수가 활약하면서 상금 액수나 세계적인 인
지도? 뭐 그런 것들이 조명받고 있다고 하더라고. 남자애들 같은
경우엔 군대 문제를 해결할 수 있는 기회도 있으니까."

"……."

'인프라를 바꿀 것이다!'라고 호언장담했던 어린 시절이 떠오른 영석이 머리를 긁적인다.

운동에 재능이 좀 있어 보이는 아이들에게 축구와 야구만 권했던 풍토가 조금씩 바뀌고 있는 게 신기한 것이다.

"그러면서 실업 선수단에 대한 관심도 폭발적으로 늘어나고 있어. 세계를 무대로 투어를 다니지 않아도 생계가 해결된다는 건 매력적이니까. 뭐, 사설 코치들이 땡잡은 거지."

박정훈의 말에 영석도 고개를 끄덕였다.

테니스라는 종목은 축구처럼 직관적이지 못하다.

정치적인 이유로 지역색을 강하게 띤 야구만큼 매력적이진 않다.

더군다나 혼자 선수 생활을 한다는 것은, 평범한 사람들에겐 먼 나라 이야기인 것 같았다.

'단체 스포츠', '엘리트 학원 스포츠'라는 의식이 없는 테니스는 특히나 대한민국과는 영 인연이 없었던 것이다.

그랬던 것이, 걸출한 선수 두 명이 나타나며 판도가 바뀌고 있었다.

돈, 명예, 지위, 실업팀이라는 보험까지.

아주 매력적인 종목으로 부상하고 있는 것이다.

"딱히 영석 선수가 따로 할 일은 없어. 그냥 계속 정진하다 보면, 원래 원했던 것을 이룰 수 있을 거야."

"좋네요."

테니스와 관련된 모든 것의 지위가 격상되었으면 하는 바람이 있는 영석으로서는 아주 기꺼운 소식.

영석은 빙글 웃음 지으며 박정훈과의 인터뷰를 마무리 지었다.

"하암!!"

영석과의 대화를 상기했던 박정훈이 기지개를 크게 켜며 찌뿌둥한 몸을 달랬다.

"그럼 이제 오스트리아로 갈까……."

이형택과 이재림이 참여한 대회로 향하려면, 일찍 잠에 들어야 했다.

"서영이 이놈은 잘하고 있겠지?"

진희를 전담 마크한 김서영이 기사를 잘 뽑아낼 것을 기원한 박정훈은 그렇게 하루를 마무리 지었다.

                    *   *   *

"샘!!"

꽤나 오랜 시간 동안 비행기를 탔던 영석이 샘을 향해 밝게 웃는다.

샘 또한 영석을 보며 빙긋 웃는다.

"뵙게 되어서 영광입니다."

과도할 정도의 예의.

톱 프로가 되어 있는 영석을 향한 가벼운 놀림이다.

그만두라는 손짓과 함께 영석이 용건을 말했다.

"요 며칠 동안 잘 부탁해."

"물론이지. 샤워할 때 온통 흙이 떨어지게 만들어줄게. 대신, 심심하면 우리 애들 데리고 연습 시합이라도 한두 번씩 해줘."

샘이 부탁의 말을 하며 영석의 뒤편에 있던 강춘수의 짐을 절반 정도 받아 든다.

"알았어. 춘수 씨, 갑시다. 샘 얼굴을 봐서 그런가? 아카데미의 밥이 먹고 싶네."

상쾌한 걸음은 그대로 플로리다 구석을 향했다.

촤아악, 촤촤촤악—!!

체력을 키우는 것에는, 아니, 원상태로 돌려놓기 위해서는 '꾸준한 자극'이 필요했다.

예전에 최영태가 훈련시켰듯, 몸이 일정 강도 이상의 혹독한 움직임에 익숙해져야 하는 것이다.

"후욱, 후욱⋯⋯!!"

거친 숨을 내쉬며 영석이 숨을 고른다.

타타타탁!!

숨을 고르는 와중에도 제자리에서 점프하여 양 무릎을 가슴께까지 들어 올리는 동작을 쉼 없이 이어간다.

"훅!!"

그리고 시작된 대시.

코트 위에서 무서운 속도로 사이드 스텝을 밟는 영석의 온몸은 이미 흙으로 범벅이 되었다.

탁!

몸을 숙여 베이스라인의 오른쪽 끝을 찍고, 다시금 게처럼 옆으로 뛰어 왼쪽을 찍는다.

탓!!

그리고 센터마크까지 되돌아온 후 네트까지 돌진.

"후우……."

그제야 숨을 길게 내쉬며 폭발할 것 같은 심장을 진정시킨 영석은 강춘수에게 수건을 받아 가볍게 얼굴을 쓸어 넘기며 나직이 말했다.

"1kg 더."

스윽―

강춘수가 군소리 없이 몸을 숙여 영석의 발목에 자리하고 있는 주머니에 쇠로 된 봉을 두 개씩 끼워 넣는다.

'경기가 길어지면… 테니스는 발 싸움이 된다.'

특히나 클레이에서는 체력이라는 토대가 굳건해야 그 위에 기타 요소들을 쌓을 수 있다.

"이런……."

닦아도 닦아도 눈을 찌르는 땀방울들을 봤을까.

강춘수가 새 수건 하나를 건넸다.

"옷도 하나 더 주세요."

얇고 미끌거리는 테니스 웨어는 피부와 하나가 된 듯, 몸에 완전히 달라붙어서 영석의 피땀 어린 결과물인 몸의 윤곽을 여실히 드러냈다.

그게 못내 답답했던 영석이 강춘수가 건넨 옷으로 갈아입고 다시금 몸을 던졌다.

"훅, 훅……."

이후에는 TAOF 유망주들과의 가벼운 연습 시합이 예정되어 있다.

물론 클레이 코트에서의 시합이다.

체력적인 한계를 맞이한 상태에서의 시합은 자칫하면 맥없이 질 수도 있기 때문에, 굉장히 스릴이 넘쳤다.

촤아아악!!

뛰다가 멈추자 빙판에서처럼, 영석의 몸이 유려하게 미끄러진다.

튀는 흙 알맹이들 속에서 푸른 눈빛이 빛난다.

그렇게 영석은 롤랑가로스까지의 남은 날들을 훈련에 매진했다.

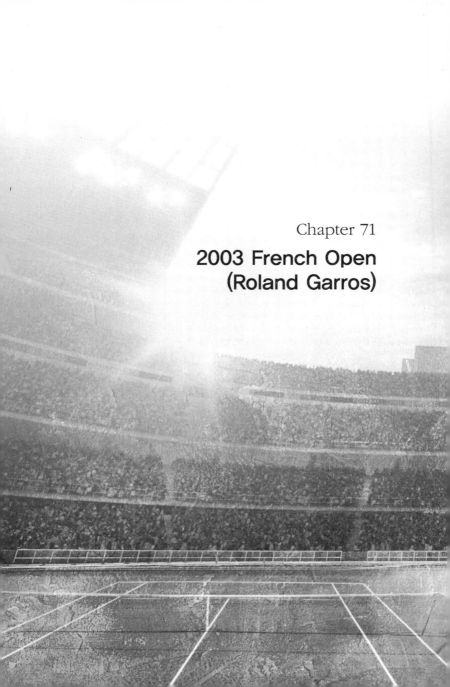

Chapter 71

2003 French Open
(Roland Garros)

"오! 이재림! 우승 좀 했다며?"

각기 자신의 앞에 음식이 가득한 접시 세 장씩 깔아놓은 영석과 진희, 이재림은 모처럼의 담소를 나누고 있었다.

진희가 손가락으로 이재림을 찌르며 장난스럽게 묻자, 이재림은 묵묵히 고개를 끄덕이며 뻔뻔한 표정을 만들기 시작했다.

"크흠, 큼. 뭐, 거시기 뭐야. 너희는, 뭐 우승 많이 했겠지만⋯ 나도 이번엔 장난 아니란 말씀!!"

뻔뻔한 한편 스스로를 내세우는 것이 적잖이 부끄러운 듯, 얼굴을 붉히는 모습이 청년다워서 귀여웠다. 그리고 그 속에서 진실한 자부심이 느껴졌다.

오스트리아.

함부르크 탈락 후, 이형택과 함께 참여한 이 대회에서 이재림은 승승장구를 하며 선배인 이형택은 물론, 자신을 두 번이나 격침시켰던 로딕까지 격파하며 우승에 이르렀다.

특히 로딕과는 결승에서 만났는데, 엄청난 끈기와 집중력을 무려 2시간이 넘게 유지하며 끝끝내 로딕을 이겨냈다.

로딕의 '경기를 풀어나가는 능력'은 영석이 보였던 그것과 조금은 흡사했지만, 명백히 영석보다는 수준이 떨어졌고, 이재림은 이미 최고 수준의 심리전을 펼쳤던 영석과의 경기를 상기하며 차근차근 로딕의 노림수를 풀어나가더니 마침내 그를 격침시켰다.

"정말 잘했어."

영석도 웃음을 달며 이재림을 거푸 칭찬했다.

자신이 휠체어를 탈 때의 2016년을 생각해 보면, 이재림은 정말이지 대한민국에서는 엄청난 업적을 쌓고 있었다.

이 상태로 1, 2년만 더 지나면, 이재림은 20대 초반에 이형택을 넘어서는 선수가 될 것임에 틀림이 없었다.

그리고 아시아를 대표하는 선수들 중 한 명으로 자리를 차지할 수 있을 거란 확신 또한 생겼다.

"…하하……."

막상 영석이 칭찬을 뱉자 이재림이 머리를 긁적인다.

"결승 상대가 누구였어. '그' 로딕이었잖아. 이렇게 빠른 시간 내에 숙적을 이겨내다니… 난 2년 걸린 거 같은데."

진희가 이재림을 치켜세우며 칭찬을 쏟아낸다.

늘 자신과 영석에 비해 모자란 성적을 내고 있는 이재림이 유독 걱정되었던 터라, 이번 오스트리아에서의 우승이 유독 반가웠던 것이다.

"아, 아무튼! 이번엔 이길 거다, 이영석!!"

이재림이 더는 못 참겠다는 듯, 아직도 수북하게 쌓여 있는 음식을 앞에 두고 벌떡 일어나 다시 홀로 걸어갔다.

영석과 진희는 이재림의 뒷모습을 보며 빙긋 웃음 지었다.

*   *   *

프랑스 오픈(French Open).

달리 '롤랑가로스'라는 명칭으로 유명한 이 대회는 호주 오픈, 윔블던, US 오픈과 더불어 '4대 메이저 대회'의 한 축을 이루고 있다. 4대 메이저 대회는 매년 열리지만, 올림픽 이상의 가치를 갖고 있다고 평가되며, 선수들은 이 대회에서 우승하는 것을 평생의 목표로 삼는다.

프랑스 오픈의 대표적인 특징은 네 가지 정도가 있다.

첫째, '새 시대'의 막을 열었다.

1968년. 프로와 아마추어의 구분을 없앤 '오픈 시대'가 도래했다. 그 전에는 아마추어 선수들만 메이저 대회, 데이비스 컵을 포함한 국제잔디테니스연맹(국제테니스연맹의 전신)이 주최하는 대회에 참가할 수 있었다.

오픈 시대가 열리고 모든 선수가 구분 없이 테니스 대회에 참가할 수 있게 되면서, 4대 메이저 대회 중 '최초'로 오픈된 대회가 프랑스 오픈이다.

이런 특징 때문에, 선수들의 거의 모든 기록은 1968년 프랑스 오픈을 기준으로 전과 후가 나뉜다.

둘째, 클레이의 '상징'.

'어떤 상황에서도(In my case)'라는 의미의 '앙투카(붉은 벽돌 가루와 흙을 섞어서 만든 재질)'를 사용한 프랑스 오픈은, 4대 메이저 대회 중 유일한 클레이 코트 메이저 대회다.

앙투카는 배수 성능이 훌륭해서, 비가 와도 1시간만 지나면 정상적인 시합이 가능할 정도다.

그래서일까.

프랑스 오픈은 개폐식 지붕을 설치하지 않고 있고, 폭우와 같은 기상이변이 발생하면 모든 경기를 취소하거나, 일정을 맞추기 위해 진흙탕에서 시합을 하게 되는 불상사가 일어나기도 한다.

조명 또한 없어서 일몰이 되면 경기를 진행하지 않는다.

셋째, 유독 톱 플레이어들이 힘을 못 쓴다는 특징이 있다.

오픈 시대 이후 커리어 그랜드슬램(선수 생활 중 4대 메이저 대회를 각 한 번씩 우승하면 얻게 되는 칭호)을 이룬 선수는 2002년 현재, 네 명밖에 되지 않는다. 물론, 단식의 경우다.

남자 선수는 안드레 애거시(Andre Agassi)가 유일하고, 여자 선수는 크리스 에버트(Christine Marie Evert), 마르티나 나브라틸로바(Martina Navratilova), 슈테피 그라프(Stefanie Maria Graf)뿐이다.

반면, 롤랑가로스 때문에 커리어 그랜드슬램을 이루지 못한 선수는 무려 여덟 명이나 된다.

메이저 대회 14회 우승에 빛나는 피트 샘프라스(Petros Pete Sampras)는 프랑스 오픈에서 단 한 번도 우승을 하지 못했다.

샘프라스 외에도 프랑스 오픈에서의 우승이 없는 남자 선수는 지미 코너스(James Scott Jimmy Connors), 스테판 에드베리(Stefan Bengt Edberg), 보리스 베커(Boris Franz Becker), 존 뉴콤(John David Newcombe)이 있다. 이들 중 메이저 대회 우승 횟수가 가장 적은 선수는 존 뉴콤인데, 이 선수만 해도 다섯 개의 메이저 대회 트로피를 갖고 있다.

프랑스 오픈에서 재미를 못 본 여자 선수로는, 그 유명한 마르티나 힝기스(Martina Hingis)가 있고, 그 외에도 린제이 데이븐포트(Lindsay Ann Davenport), 버지니아 웨이드(Virginia Wade)가 있다.

유수의 톱 플레이들이 이처럼 유독 프랑스 오픈에서 힘을 못 쓰는 건, 거의 상식 수준의 현상으로 이해되고 있다. 결론적으로, 프랑스 오픈은 '이변이 가장 많이 일어나는 대회'로 꼽힌다.

넷째, 자신들의 모국어에 대한 특별한 자부심이 있는 프랑스는, 테니스 대회에서도 어김이 없다.

4대 메이저 대회 중 유일하게 비영어권에서 진행되는 프랑스 오픈은 점수 콜을 비롯하여 거의 대부분의 시합이 불어로 진행된다.

코트 위에서 진행되는 선수와의 인터뷰 또한 불어 인터뷰가 선행된다. 만약 선수가 불어를 구사하지 못해도 '봉쥬르(Bonjour)' 같은 인사말 정도는 반드시 해야 하며, 본격적인 인터뷰가 시작되기 전 '불어를 구사하지 못하는 것에 대한 양해'를 구한다.

경기가 끝나고 진행되는 공식 기자회견장에서도 영어 인터뷰와 불어 인터뷰가 따로 열린다.

불어를 할 줄 모른다면 영어 인터뷰만 하겠지만, 불어로 진행되는 인터뷰의 질문, 답변 수준이 영어 인터뷰보다 더 깊고 풍부하다.

"…와 같은 특징들이 있으니 잘 숙지하시기 바랍니다."

짝짝ㅡ

강춘수는 여느 때와 같이 박식함과 치밀한 조사 능력을 바탕으로, 프랑스 오픈에 대한 짧은 브리핑을 마쳤다. 소나기 같은 박수가 쏟아진다.

"인터뷰는 너무했다."

이재림이 입을 비죽이며 불평을 토로한다.

불어는커녕, 영어조차도 능숙하지 못한 이재림에게는 프랑스 사람들이 굉장히 오만하게 비쳐졌다.

"…미안할 정도야?"

영석과 진희 또한 사정은 비슷하다.

어렸을 때부터 준비했던 영어는 거의 원어민 수준이지만, 불어로 넘어가면 얘기가 달라진다.

거의 기초적인 회화 정도가 한계인 것이다.

"일종의 관례… 아닐까? 그냥 '이 벅찬 감정을 불어로 표현하지 못해 유감입니다' 정도만 알고 있어도 인터뷰할 때 괜찮지 않을까 싶어."

불편한 감정의 틈바구니 속에서, 영석이 정답에 가까운 말을 꺼내자, 강춘수가 쿵짝을 맞췄다.

"여러분이 숙지하셔야 할 문장은 세 개 내외입니다. 일단은……"

그 뒤로 10분여간의 짧은 불어 특강이 이어졌다.

빳빳한 혀를 부드럽게 만들기 위한 선수들의 노력이 우스꽝스러운 소리로 퍼져 나갔다.

$$*\qquad\qquad*\qquad\qquad*$$

프랑스 파리.

"음~ 이 열기! 이 굉장함!!"

진희가 양팔을 활짝 벌리고 쏟아지는 햇빛을 만끽하고 있었다.

얼굴로 사정없이 빛 무리가 쏟아지고, 이내 아름답게 부서져 흩날린다.

삐빅! 찰칵! 삐비빅! 찰칵찰칵······.

무기로 삼아도 될 것 같은 DSLR을 든 김서영이 온갖 자세로 진희의 주변을 돌며 셔터를 눌러댄다. AF(Auto Focus)를 잡는 소리와 위잉위잉— 거리며 확대와 축소를 조절하는 렌즈의 소리, 그리고 셔터 소리가 허공을 가득 채운다.

순식간에 만들어진 그들만의 포토 존.

"······."

일행들은 그 모습에 모두 말을 아꼈다.

오랜만에(?) 보는 영석은 김서영의 작태에 입을 떡 벌리고 멍하니 있었다.

최영태는 익숙한지 동공을 푼 상태로 먼 곳을 멍하니 보며 어서 이 난리가 빨리 끝나기를 바라고 있었다.

익숙한 건 진희도 마찬가지인지, 순간의 포즈와 표정을 잠깐이나마 지속했다.

"야! 주접 좀 그만 떨어!"

박정훈이 머리를 긁적이더니 김서영에게 소리쳤다.

김서영은 개가 짖는 소리를 들었다는 듯, 가뿐히 무시했다.

"끄응… 아니야. 이 구도가 아니야. 진희 선수! 잠시만 그러고 있어줘요! 얼굴에 힘주지 말고! 자연스럽게!"

털푸덕―

그렇게 외친 김서영은 가방에서 렌즈 하나를 꺼내 교환하더니 그대로 바닥에 배를 깔고 엎드려 버렸다.

그리고 뷰 파인더(View Finder)에 눈을 대고는 셔터 위에 손가락을 살포시 얹는다.

마치, 디스커버리의 촬영 기자처럼 '순간'을 위해 가늘게 숨을 뱉는다.

그 모습이 흡사 저격수와 같았다.

"……."

가늘게 숨을 뱉던 김서영이 어느 순간, 숨을 멈추고는 온몸의 움직임을 '말소'했다.

그녀에게서 심상찮은 아우라가 뿜어져 나왔다.

억겁에 가까운 찰나가 삽시간에 대기를 고요함으로 물들이는가 싶은 순간…….

찰칵!

혼신의 일 발.

그러나 가벼운 움직임으로 셔터가 눌러졌다.

"…좋아……."

가만히 액정을 확인한 김서영이 고개를 끄덕이고는 일어나 먼지를 털었다.

"…언제부터 저랬어요?"

영석이 최영태의 옆구리를 찌르며 묻자, 풀려 있던 최영태의 동공이 순식간에 초점을 잡는다.

한숨을 담배 연기처럼 뿜어낸 최영태가 고개를 저으며 아찔하다는 듯 머리를 짚는다.

"푸우……. 너희랑 떨어지면서부터 아주 기고만장이다, 기고만장."

"그, 그래도 저 녀석 덕분에 진희 선수 공식 팬 사이트도 생겼어."

박정훈이 후배의 허물을 만회하려는 듯, 필사적으로 영석에게 항변한다.

"공식 팬 사이트요?"

영석이 묻자 자신의 결과물에 취해 있던 김서영이 재빨리 영석에게 다가와 가방에서 주섬주섬 프린트 물을 꺼내기 시작했다. 마치 결재를 받으려는 부하 직원 같은 모습이다.

촤르륵—

풀 컬러로 화려하게 인화된 진희의 사진들이 그녀의 손끝에서 개화한다.

가벼운 일상, 시합이 시작되기 전, 시합 도중, 시합이 끝나고 난 후… 거기엔 실물보다 몇 배는 아름다운 진희의 모습이 우아하게 찍혀 있었다.

"엣헴. 제가 〈뷰티풀 J.H(Beautiful J.H)〉의 운영자이자 관리자입니다! 줄여서 BJH!"

숨 막히는 자부심이 전해져 온다.

영석은 자신도 모르게 고개를 끄덕였다.

"사기꾼!"

가까이 와서 사진을 훑어본 이재림이 바락 소리를 지른다.

실물이 생각나지 않을 정도의 아름다운 모습에 저도 모르게 나온 외침이다.

그렇다고 프로그램을 이용한 흔적도 보이지 않았으니, 그야말로 김서영의 집념이 빛나는 작업물들이다.

"우습게 볼 일이 아니더라고. 우리나라뿐 아니라 ESPN같은 해외 언론들은 물론이고, 온갖 잡지에서도 저놈의 사진을 '허락받고' 갖다 쓰더라고."

'말세다, 말세야'라는 뜻을 표정으로 한껏 표현하면서 박정훈이 한숨과 함께 뇌까린다.

"그, 그 정도면 저희가 참아야죠 뭐. 서영 씨, 저희도 찍어줄래요?"

마음속으로 'DSLR이 추할 수도 있구나'라는 생각을 한 영석이 이재림과 최영태를 끌어당기며 김서영에게 촬영을 요구했다.

"…쳇. 아름답지 않……."

어디선가 혀 차는 소리와 함께 몹쓸 말도 들렸지만, 영석은 애써 무시했다.

"하나, 둘, 셋!"

찰칵!

1초 안에 카운트를 끝낸 김서영이 셔터를 누르고는 액정을 한 차례 훑더니 영혼이 빠져나간 리액션을 보인다.

"와아~ 잘 나왔어요!"

"……."

"……."

미심쩍었는지, 이재림이 빠르게 다가가 결과물을 확인했다.

"자, 잘 나왔네……."

정성이나 노력과 상관없이 김서영의 사진은 훌륭했다.

"넌 기자 노릇 그만하고 사진가가 되어야겠다."

이재림의 어깨 너머로 힐끗 액정을 훑어본 박정훈도 한마디 했다.

"그럼 진희 선수를 못 따라다니잖아요!"

"……."

"……."

그렇게 일행은 숨 가쁘게 진행될 롤랑가로스를 앞두고 침묵 섞인 평화로운(?) 한때를 보냈다.

*   *   *

128강.

호주 오픈과 마찬가지로, 메이저 대회의 일각인 롤랑가로스도 1라운드는 128명의 각축전이 벌어진다.

세계 각지로 조금씩 분산되어 있던 톱 플레이어들은 물론이고, 인생을 바꾸기 위해 목숨을 걸고 예선부터 부딪혀서 올라온 선수들도 있다.

"그럼에도 말이야……."

영석은 나직이 중얼거리며 시드를 받은 선수들의 목록을 손으로 훑는다.

1번부터 32번까지.

2번 시드인 본인을 제외한 서른한 명의 선수 목록은 아교를 붙여놓은 듯, 요 몇 달 동안 거의 변함이 없었다.

휴이트, 이영석, 페레로, 애거시라는 빅4 밑으로 모야, 페더러, 로딕, 코리아, 날반디안 등……. 대부분 최소한 한 번씩은 붙어본 선수들의 이름이 수놓고 있었다.

톱 10을 벗어나도 사정은 마찬가지다.

32명 중 거의 스무 명 이상과는 한 번씩 대전했으니 말이다.

"또 이 인간들 틈바구니에서 악다구니를 써야 하는구나."

사정은 진희라고 해도 다르지 않았다.

세레나, 클리스터스, 비너스, 에냉, 힌투코바, 모니카 셀레스…….

마찬가지로, 최소한 한 번씩은 붙어본 선수들의 목록이 주륵— 펼쳐져 있었다.

그렇다면, 메이저 대회와 일반 ATP 시리즈의 차이는 무엇일까.

참여하는 선수도 비슷하고, 시합 주기도 비슷하다.

메이저 대회라고 뭔가 특별한 룰이 추가되는 것도 아니다.

그럼에도 '격'의 차이는 존재한다.

그 이유는 딱 하나.

선수의 '각오'가 다르기 때문이다.

선수도 사람이다.

실력이 있다고 해서 참가하는 모든 대회의 우승컵을 들어 올릴 수는 없다.

그래서 ATP500, 마스터스에서 미끄러지는 경우가 많다. 랭킹 1, 2위 선수가 4, 5위 선수들에게 지는 것도 비교적 흔하고 말이다.

하지만 톱 플레이어들은 메이저 대회만 오면 거의 반드시라고 해도 될 정도로 베스트 컨디션을 유지한다. 유지할 줄 알아야 톱 플레이어가 되고 말이다.

─수많은 대회, 수만 명의 프로 선수들 사이에서… 이렇게 이름을 올리는 것만으로도 대단한 것이다.

결국은 빤한 정론으로 결론이 내려진다.

그것을 영석과 진희 또한 잘 알고 있다.

그럼에도 불만인지 불평인지 모를 소리를 하는 이유는 단 하나.

'각오'를 다지기 위해서다.

이겼던 선수, 졌던 선수, 힘들었던 선수, 쉬웠던 선수…….

가지각색의 특징을 가진 선수들의 면면을 떠올리며 조용히, 그러나 빠르게 전략을 수립해 나가는 것이다.

"……."

그렇게 두 명이 시드 선수들에 대해 떠들어대고 있을 때, 이재림은 조용히 분루를 삼키고 있었다.

'나도 내년엔 꼭…….'

*　　　　　*　　　　　*

2003년 프랑스 오픈.

이번 롤랑가로스 본선에 진출한 한국인 선수는 총 다섯 명이다.

ATP는 꾸준히 좋은 모습을 보이는 이재림과 이형택이 본선에 이름을 올렸다.

또한 영석은 이번에도 휴이트에 이어 2번 시드를 받으며, 자신의 이름값을 여지없이 천지에 알렸다.

WTA는 마찬가지로 2번 시드를 받은, 곧 세계 랭킹 1위에 도달할 것이 분명한 진희와, 오클랜드 오픈 준우승에 빛나는 조윤정이 본선에 이름을 올렸다.

"…선배들은?"

프랑스에 모인 첫날 이후로 이형택과 조윤정을 보지 못한 영석이 이재림에게 물었다.

"따로 준비하시는 거 같은데?"

"…그래?"

프로의 길을 걷고 있는 상황.

후배들이 자신들보다 좋은 모습을 보이고 있는 걸 순수하게 기뻐할 수만은 없는 노릇이다.

아마도 얼굴은 보면 심중이 혼란스러워질까 싶어 따로 행동하는 것 같았다.

"어쩔 수 없지."

1라운드를 앞둔 이 시점.

사소한 일로 정신을 갉아먹을 필요는 없었다.

이형택과 조윤정을 깔끔하게 머릿속에서 지운 영석이 진희와 이재림의 등을 툭 치며 말했다.

"가자."

1라운드.

영석은 Karol Beck이라는 선수를 만났다.

'빨리 끝내자.'

조금 시간을 들여 상대를 분석한 1세트를 6 : 4로 끝낸 영석이 흐르는 땀을 닦으며 내리쬐는 햇빛에 눈살을 찌푸렸다.

메이저 대회는 1라운드부터 5세트 경기를 한다.

즉, 세 세트를 선취해야 승리를 가져갈 수 있다는 것이다.

정신적, 육체적으로 유난히 피로가 심했던 클레이인만큼, 속전속결(速戰速決)이 필요할 때였다.

집대성(集大成).

클레이에서도 끝까지 살아남기 위한 영석의 고육지책들이 하나하나 쌓이자, 폭발적인 시너지 효과가 일어나는 것은 진즉에 확인한 일.

상대의 수준에 따라서 코트를 81분할까지 쪼개 자신이 원하는 곳에 원하는 속도와 다양한 구질로 보낼 수 있게 된 영석의 경악할 만한 능력은, 대적하는 이로 하여금 한없는 절망에 빠지게 만들었다.

"강속구 투수가 변화구 위주로 던지는 것 같네."

영석의 시합을 오랜만에 지켜본 진희가 한 말이었다.

우선, 영석과 어울리지 않았고, 하드 코트에서 본연의 능력을 100% 발휘하는 것에 비하면 턱없이 부족하지만, 영석은 어찌어찌 곧잘 해내고 있었다. 그리고 실제로 이기고 있고 말이다.

"확실히 160㎞/h를 던질 줄 아는 투수에게 커브나 슬라이더는 어울리지 않지. 체인지업이면 몰라도."

마찬가지로, 제자가 시합하는 것을 오랜만에 지켜본 최영태도 한마디 했다.

"발버둥이죠, 뭐."

영석이 머리를 긁적이며 푸념하자, 최영태가 고개를 저으며 말했다.

"아니, 좋은 선택이라는 의미에서의 말이었다. 스타일을 변화시키기란 무척 어려운 일이었을 텐데… 거기다가 넌 보통 선수도 아니었으니, 더더욱 대단한 일을 해낸 거야. 살아남기 위해 스스로를 변화시킬 수 있는 능력 또한 테니스 선수로서 반드시 필요하다고 생각한다."

최영태가 위로 팔을 쭉 뻗어 영석의 머리를 쓰다듬었다.

참으로 어울리지 않은 광경이었지만, 영석은 따뜻한 기분이 들었다.

*   *   *

1라운드가 모두 끝이 났다.

"이제는 말씀도 안 해주시는구나."

영석이 쓰게 웃으며 말하자, 최영태가 고개를 저었다.

"아까 찾아와서 인사는 하고 가더라. 너희까지 볼 염치는 없어서 그냥 간다고……."

조윤정과 이형택은 사이좋게(?) 1라운드에서 탈락하며 클레이 시즌의 끝을 맺었다.

그러고는 영석과 진희, 이재림의 얼굴을 보지 않고 그냥 가버리고 말았다.

"……."

이재림의 안색이 딱딱하게 굳어 있다.

프랑스 오픈 전, 오스트리아에서 이재림은 이형택을 상대로 완승을 거뒀었기 때문에, 더더욱 마음이 뒤숭숭한 것이다.

툭—

진희가 그런 이재림의 등을 툭 치며 대수롭지 않게 말했다.

"스포츠니까. 진 사람은 진 거고, 이긴 사람은 이겨야지."

"……."

영석으로선, 진희의 말에 십분 공감하는 바이지만, 이재림에게는 아니었나 보다.

선배들이 말도 없이 가버린 것이 제법 충격적인 듯, 멍하니 있었다.

'하긴, 나랑 진희는 다른 선수들에게 유대감 같은 게 없지.'

단체 생활 없이, 성인이 될 때까지 단둘이 해외와 한국을 오가며 철저하게 개인적으로 자랐기 때문에, 영석과 진희는 가족과 지인들을 제외하면 인간에게 기대 자체를 안 한다.

삶을 두 번째 살고 있는 영석은 그래도 느슨한 편이었지만, 진희는 더더욱 냉정한 구석이 있다.

"괜히 분위기 다운시킬까 봐 간 거야. 걱정하지 말고, 네 경기에 신경 쓰면 돼."

최영태가 이재림에게 다가와 등을 툭 쳤다.

"네……."

그제야 이재림은 정신을 차리고, 힘없이 터덜터덜 자신의 방으로 올라갔다.

*   *   *

일정은 빠르게 진행됐다.

영석과 진희는 늘 그랬듯, 거침없이 2라운드 3라운드를 넘어 4라운드까지 빠르게 치고 나갔다. 게다가 영석은 무실 세트로 차례차례 격파하며 '격'의 차이를 보여주고 있었다.

시드가 높은 만큼, 맞붙는 선수들의 실력이 상대적으로 약세인 탓이 컸다.

진희도 마찬가지로 무서운 기세로 상대를 격파해 나갔다.

"하이고……. 역시 메이저쯤 되면 조금 어렵구나."

이재림은 애써 우울한 기색을 숨기고 너스레를 떨었다.

이재림은 3라운드에서 이번 대회 5번 시드인 '카를로스 모야'에게 패배를 당하고야 말았다.

둘 다 자타가 공인하는 '클레이 스페셜리스트'로서 첨예한 대결을 펼쳤고, 두 세트씩 주고받은 끝에, 마지막 세트를 모야가 가져가며 승리를 챙겼다.

경기 시간 2시간 53분.

누가 이겼어도 이상하지 않을, 1, 2, 3라운드의 모든 경기를 통틀어서 가장 치열했던 경기로 꼽힌 만큼, 패배의 후유증은 제법 깊었다.

"……."

마땅히 위로할 말이 떠오르지 않은 영석이 침묵을 하자, 최영태가 나섰다.

"온전히 클레이 시즌을 보낸 건 올해가 처음이잖아. 내년을 바라보고 다시 정진하는 수밖에 없어. 넌 클레이에서는 계속해서 좋은 성적을 낼 게 분명하니까. 그것보다 중요한 건… 잔디 시즌이지."

윔블던으로 대표되는 잔디 시즌.

클레이만큼, 아니, 그 이상으로 개성적인 특징을 갖고 있는 코트라, 만반의 준비를 해야 한다.

"TAOF에 연락해 놓을 테니, 가서 훈련하고 있어. 거기엔 윔블던 못지않은 잔디 코트도 있으니까 충분히 연습할 수 있을 거야."

영석이 마침내 할 말을 찾았다는 듯, 최영태의 뒤를 이어 부연했다.

"그래그래. 거기 시설도 좋고, 밥도 맛있어. 가서 추스르면서 마음 다잡고 준비하는 게 좋을 것 같아."

진희도 밝은 목소리로 이재림의 우울함을 걷어내 주기 위해 노력했다.

이재림은 영석과 진희에게도 소중한 인연.

둘은 늘 이재림을 적극적으로 격려하고 위로했다.

"……."

우울한 한편, 영석과 진희가 서툴지만 자신에게 신경을 써준다는 것이 조금은 고맙게 느껴진 이재림은 둘의 기대에 부응하기 위해 살짝 웃음을 띠었다.

와락—

그 모습을 본 영석이 팔을 뻗쳐 이재림의 어깨를 투박하게 감으며 말을 뱉었다.

"나 잔디에서 장난 아닐 거야."

'그러니까 정신 바짝 차려야 될걸?'이라는 말이 뒤에 남았지만, 영석은 생략했다.

그래도 이재림은 알아들을 거라 생각했기 때문이다.

"허……."

과연 이재림은 영석의 기대대로 눈빛을 바꾸었다.

지친 듯, 조금은 여리여리하게 춤추고 있는 '승부욕'이라는 이름의 촛불이 다시금 거세게 불타오르기 시작한 것이다.

"그래, 먼저 가 있을게."

이재림이 빙긋 웃으며 패배의 여운을 말끔하게 털어냈다.

*　　　　　*　　　　　*

"이러니저러니 해도… 결국 남는 건 늘 우리 둘밖에 없네."

일행의 숫자가 다시 원점으로 돌아갔다.

영석과 진희, 최영태와 강씨 남매, 그리고 박정훈과 김서영.

떠날 사람은 떠나고, 남은 사람들은 남은 것이다.

어두우면서도 묘하게 활기차 보이는 프랑스의 밤하늘.

손바닥 안에 마주한 살결의 온기가 더해지자 단순한 산책이 굉장히 로맨틱하게 느껴졌다.

"으으… 깍지!"

영석이 계속해서 큰 손으로 자신의 손 전체를 감싸 쥐려고 하자, 꼬물딱거리며 저항을 하던 진희가 칭얼댔다.

"알았어, 알았어……."

영석이 손을 활짝 펴 깍지를 끼자, 이제 만족한다는 듯 진희의 얼굴이 해사하게 물든다.

"뭐, 난 예전부터 그렇게 느꼈어. 시작도 둘이, 끝도 둘이."

자신의 욕구(?)가 해소되자, 진희는 재빠르게 화제를 원점으로 돌렸고, 영석은 쓰게 웃었다.

무엇의 시작이고 무엇의 끝인지 도통 모르겠어서 그저 웃을 수밖에 없는 것이다.

진희가 영석의 얼굴을 보며 말을 이었다.

"음… 나도 정확하게 잘 몰라. 그러니까 너한테 제대로 설명하지 못하겠네. 아무튼, 난 그렇게 느꼈어."

"뭐야, 그게……."

영석이 실소를 흘리며 타박 아닌 타박을 한다.

그리고… 결여되어 있던 것이 충족됨을 여실히 느꼈다.

이 느낌은, 한국에서 마음을 풍요롭게 가꾸었던 것과는 조금 다른 영역의 충족감이었다.

'진희가 없으면… 혼자 있을 때뿐만 아니라, 누구와 함께 있어도 '혼자'였던 거지.'

한 사람의 존재가 이렇게 크게 다가올 수 있다는 것이, 정말이지 무척이나 신기했다.

＊　　　　＊　　　　＊

2라운드의 Mario Ancic, 3라운드의 Xavier Malisse, 4라운드의 Flavio Saretta까지.

영석은 2번 시드라는 권리를 톡톡히 누리며 싱거운 상대를 연이어 쉽게 격파하며 어느덧 QF(Quarterfinals)까지 진출하는 것에 성공했다.

'쉽게 올라가는군.'

난적이나 숙적이라고 표현할 만한 선수를 아직 못 만난 탓일까.

'메이저 대회'라는 크나큰 이름값에 비교하자면, 싱거울 정도의 승리가 이어지자 정신적으로 느슨해지는 걸 느꼈었다. 오히려 마스터스 시리즈에서 고비가 더 많았던 것 같기도 하다.

QF.

물론, 느슨했던 정신은 쿼터파이널, 즉 8강에 오르자 다시금 팽팽하게 당겨졌고 말이다.

─우승에의 욕심.

─보다 뛰어난 선수와 붙고 싶은 욕구.

무엇 하나도 놓치고 싶지 않은 영석에게는 지금부터가 '본방'이었다.

"8강, 8강이라."

진희가 어쩐 일로 골똘히 고민에 싸여 있다.

Amy Frazier, Marlene Weingartner, Paola Suarez,

Magdalena Maleeva와 대전을 치른 진희는 모든 시합을 통틀어 단 한 세트만 내준 것을 제외하고는 압도적인 기량으로 상대를 격파해 나가고 있었다.

낙승의 연속.

진희 역시 지금부터가 본방이라고 생각하는 듯, 심각함을 키워 느슨하게 풀린 긴장감이란 이름의 실을 팽팽히 당기고 있는 것이다.

"뭐가 고민이야?"

영석이 진희의 어깨에 얼굴을 턱 올리고 속삭였다.

"음… 지금 봐. 내가 이 블록에서 이렇게 올라왔거든?"

진희의 손길을 따라가다 보니, 2번 시드의 진행 사항이 잘 보인다.

QF에서는 4명씩 찢어져(?) 있는데, 세레나 윌리엄스와 쥐스틴 에냉이 한 묶음이었고, 다른 묶음에서 진희는 홀로 빛을 발하고 있었다.

"무난하게 파이널까지 가겠네."

진희가 듣고 싶어 하는 대답이 뭔지 모르는 영석의 말에 진희는 격렬하게 고개를 저어댔다.

영석의 얼굴로 머리카락이 쏟아진다.

"……."

인상을 있는 대로 구긴 영석이 허리를 펴고 진희의 앞에 마주 앉는다.

계속해서 대전표에 눈길을 둔 진희가 말을 잇는다.

"아냐. 내가 하는 걱정은, 세레나가 도중에 떨어지진 않을까 싶은 거야."

"아……."

자신이 올라가는 것은 당연하고, 이왕이면 호주 오픈 때의 구도를 다시금 만들었으면 하는 게 진희의 희망 사항이었던 것이다.

참으로 원대한 포부.

그리고 전율이 이는 자신감.

남몰래 품고 있는 거대한 복수심.

그 복합적인 뜨거움에 영석은 정신이 퍼뜩 들었다.

'그래, 많이 분했겠지.'

호주 오픈 뒤로 몇 번이고 세레나를 격침시키는 것에 성공한 진희였지만, 그것만으로는 성에 차지 않았을 것이다.

최고의 무대에서, 최고의 집중력을 발휘하는 그 상황에서의 승리를 꿈꾸고 있을 것이기 때문이다.

'나는 어떻지?'

남자 단식의 경우, 영석은 8강에서 기예르모 코리아와 또다시 경기를 치르고, 4강에서는 애거시와 경기를 치를 가능성이 크다.

반대편 그룹에서는, 코스타, 페레로, 곤잘레스가 각축을 벌일 예정이고 말이다.

영석은 불현듯 '예감'을 느꼈다.

'아마, 페레로가 올라오겠지.'

페레로는 원 역사에서도 2003년 프랑스 오픈 우승자이다.

클레이에서의 실력 또한 초일류이니, 아마도 결승전에서는 그를 만날 가능성이 크다.

그쪽 그룹에서는 가장 유력하기도 하고 말이다.

'진희의 상대는… 모르겠군.'

원래의 역사대로라면, 에냉이 이번 대회 우승자다.

하지만 진희라는 변수는 실로 강력하여, 에냉은 물론이고 세레나도 번번이 다른 대회들의 결승에서 진희에게 패배를 당했다. 누가 독기를 품느냐에 따라 에냉이 올라올 수도, 세레나가 올라올 수도 있다.

기세, 실력, 랭킹, 시드…….

2003년인 지금의 영석과 진희는, 데뷔 첫해와는 많은 것이 달라졌고, 달라진 이 둘의 난입은 판도 전체를 바꾸고 있는 도중이었다.

'앞으로는 '확정'이라는 말은 거의 통용되지 않겠어.'

자연스럽고, 당연하다는 듯 진출하는 QF.

픽스(Fix)되었던 모든 것을 깨부수고 있다는 자각이 들었다.

이제는 전생의 기억을 되살리는 것은 선수 개인에 한정해야겠다는 것을 깨달은 영석이 열심히 고민하고 있는 진희의 머리를 쓰다듬었다.

*   *   *

내리쬐는 태양과 후덥지근한 날씨도, 기예르모 코리아의 안색을 붉게 만들지는 못했다.

차갑게 뜬 하얀 얼굴, 절로 잡혀 펴질 기미가 보이지 않는 미간의 주름이 코리아의 심정을 대변하고 있었다. 그의 주변만 유리(遊離)되어 삼엄한 냉기를 풀풀 뿜어대고 있었다.

6 : 3, 6 : 4, 5 : 2.

참으로 일방적인 전개.

첫 만남 이후, 이 둘의 역학 구조는 변하질 않았다.

변하기엔 너무나 짧았고, 영석의 발전은 상대적으로 너무나 빠르게 진행되고 있었다.

툭, 툭, 툭, 툭, 툭……

흙 위로 떨어지는 공이 새파란 소리를 퍼뜨린다.

코리아에겐 끔찍하도록 싫은 소리.

여느 때와 같이 그 어떤 상황에서도 퍼스트 서브에서는 반드시 공을 다섯 번 팅기는 영석의 준비 동작이 끝나고, 공은 높게 치솟았다.

휘릭— 펑!!!

쉬익——

공중에서 섬뜩한 파공음을 줄줄 흘리고 있는 공이, 무서운 기세로 땅을 향해 날아간다.

쿵!!

큰 충돌음과 함께 한껏 치솟은 공은, 위력과 속도에서 큰 손색이 생겼고, 날아오던 기세가 거짓말인 듯, 다소 느릿하게 변했다. 밖에서는 모르지만 코트 위의 두 선수는 피부로 느낄 만큼, 기세는 꺾여 있었다.

촤, 촤악!

차갑게 경직되어 있는 몸과 정신.

코리아의 생명줄을 붙잡고 있는 것은 '위대한 습관'이었다.

눈으로 공을 포착하는 순간, 얼어 있는 정신과 육체는 코리아의 의지를 벗어난다.

스플릿 스텝을 밟고, 훌쩍 몸을 던져 자연스럽게 공에 대응한다.

펑!!

수만 번은 휘둘렀을 라켓이, 알맞은 타이밍에 와르르— 쏟아져 나온다.

쉬리릭—

붕 떠서 맹렬하게 자신의 몸을 회전하던 공이 이윽고 독수리가 먹이를 낚아채듯, 뚝— 하고 떨어진다.

쿵! 펑!!!

그러나 그 공은 영석의 라이징에 터무니없을 만큼 빠르게 되돌아갔다.

코스는 스트레이트, 애드 코트.

촤차차착—

지금 기록하고 있는 처절한 스코어를 만들어낸 주역인 영석의 라이징이 되돌아오자, 기예르모는 떨리는 다리를 놀려 몸을 던졌다.

흙 알맹이들이 테니스화 밑창과 격렬하게 마찰을 일으킨다.

촤촤촤촤촤악!!!

길게 미끄러진 코리아가 힘차게 팔을 휘둘러 공을 크로스로 보낸다.

영석을 뛰게 만들어서 섬세한 스트로크를 구사하지 못하도록 할 심산이다.

"……"

영석의 입가가 호선을 그린다.

빠져나갈 구멍을 '만들어준' 것을 모르는 코리아의 선택이 기꺼운 것이다.

탁, 탁!

가볍고 유려한 영석의 스텝이 빨간 흙바닥 위에 점을 찍듯 사뿐히, 자그마한 파장을 일으킨다.

후우우욱—

그리고 공이 지척에 이르자, 영석의 몸짓은 우아함에서 포악함으로 변하고 있었다.

폐 가득히 숨을 들이마시고, 허리와 어깨를 한없이 비틀어댄다.

공을 바라보는 시선에는 살기마저 어려 있는 것 같다.

그 흉포한 기세에 코리아가 바짝 긴장을 하게 된다.

그리고 그 기색을 영석은 예민하게 캐치한다.

'스트레이트를 예상하겠지.'

이만큼의 여유를 가지고 있는 상황.

코리아로서는 레이저 같은 공을 기다리며 냅다 듀스 코트로 뛰어갈 생각만 하고 있을 것이다.

퉁—

하지만 영석의 선택은 포핸드 드롭샷.

"……!!"

촤악!

옆으로 쏠려 있던 무게중심을 급격하게 앞으로 전환하려다 뒷발이 길게 미끄러지며, 잠깐의 시간을 소비한 코리아는, 기죽지 않고 최선을 향해 달려왔다.

'받겠네.'

그 모습을 본 영석이 나직이 감탄하며 마주 뛰어간다.

쿵— 쿵— 쿵—

발이 코트를 밟는 것과 심장이 뛰는 타이밍이 묘하게 일치한다.

촤앗!

거의 눕다시피 ― 모양으로 다리를 찢은 코리아가 공을 걸어 올린다.

그와 동시에 영석은 네트에 다다르기 전 움찔하며 몸을 멈춘다.

코리아의 선택을 기다리는 것이다.

퉁!

라켓에 공이 맞음과 동시에 영석은 멈췄던 몸을 다시 앞으로 쏘아냈다.

휘익—

코리아의 선택은 드롭샷.

영석이 뛰다가 멈춘 것을 본 그 급박한 순간에도 '옳은' 선택을 한 것이다.

촤촤촤악!!

고작 10미터 정도.

거칠게 팔을 휘저으며 몸을 던졌더니, 금방 도달한다.

획— 퉁!

잠시간 고민하던 영석은 로브를 선택했다.

'트위너 샷(Tweener Shot : 상대에게 등을 보인 상태에서 가랑이 사이로 공을 치는 것)으로 와라.'

영석이 보낸 곳은 100분할을 했을 시 '10'이 위치한 곳이다.

탓!!!

코리아가 땅을 강하게 박차고 쏜살같이 몸을 던진다.

사방으로 흙 알맹이들이 비산한다.

놀랄 만한 속도였지만, 영석은 로브를 치기 전에, 타이밍을 조율했었다.

쿵!

공이 떨어지는 소리가 들리고,

휘릭―

여지없이 코리아는 트위너 샷을 할 수밖에 없었다.

몸을 돌려 칠 수 있을 정도의 여유가 없기 때문이다.

"……."

영석이 눈을 부릅뜨고 코리아의 몸을 뚫어지게 바라봤다.

1시 방향으로 살짝 틀어진 어깨와 발.

사선으로 공을 보내기 좋은 자세다.

'크로스로 보낼 것인가, 아니면 한 수 더 계산해서 스트레이트로 보낼 것인가.'

스슥, 슥.

영석이 뒤로 살짝 물러나 서비스라인 정중앙에 선다.

어디로 와도 반응할 수 있다는 자신감이 있기 때문에, 양쪽 다 노리겠다는 판단을 한 것이다.

훅―

코리아가 길에 숨을 내쉬고,

펑!!!

공은 쏘아졌다.

탁!

그 순간 영석은 몸을 왼쪽으로 날렸다.

크로스다.

촤악!!

두 번의 스텝을 밟은 영석은 다리를 길게 찢었다.

흙이 부드럽게 발길을 받아들인다.

퉁!!

짧은 타구음과 함께 공이 네트를 넘어가 툭— 떨어진다.

"……."

코리아는 그 공을 받지 못했다.

수 싸움에서 명백히 패배하고야 만 것이다.

툭, 툭…….

"게임 셋 매치 원 바이……."

공이 맥없이 구르고, 심판의 선언은 여지없이 두 선수에게 떨어졌다.

짝짝짝—

소금 가루가 떨어지듯, 수많은 관중이 쏟아내는 박수 소리는 빈틈이 없었다.

"후."

영석은 가볍게 한숨을 내쉬고는 네트를 향해 걸어갔다.

쉬이이—

어디선가 불어오는 바람에 입고 있는 상의가 펄럭거린다.

상쾌함을 느낌과 동시에 쓴웃음이 절로 맺힌다.

'땀조차 많이 나지 않았구나.'

이윽고 네트에 도착한 영석은 뒤늦게 도착한 기예르모 코리아에게 손을 건넸다.

"……."

"수고하셨습니다."

패배가 확정이 되고나서야 갈 곳이 없었던 궁리(窮理)가 일거에 해소된 것일까.

심판의 선언에 하늘을 보며 연거푸 긴 숨을 내뱉던 기예르모 코리아의 안색은 이제야 혈색이 도는 것 같았다.

*   *   *

먼저 경기를 마쳤던 진희와 함께 숙소로 돌아온 영석을 기다리고 있는 건 놀랄 만한 소식이었다.

"애거시가 졌습니다!"

강춘수가 어울리지 않게 크게 소리를 키운다.

"허."

파이널이 아니어도, 중요한 대목에서 애거시와 다시 만나 뜨겁게 코트를 태우고 싶었던 영석이 그 소식에 입을 떡 벌린다.

"상대가… 마틴……."

"베르켈크. 마틴 베르켈크(Martin Verkerk)입니다."

영석이 낯선 이름을 우물거리자 강춘수가 확실하게 정정해

준다.

"혹시 저랑 대전했었나요?"

"아닙니다."

"……."

애거시는 딱히 클레이라고 약세를 보이는 선수가 아니었다.

그야말로 전천후(全天候).

그의 플레이 스타일은 코트를 가리지 않는다.

거기다 적지 않은 나이에도 2003년 1, 2분기에 놀랄 만큼 우수한 성적을 거두고 있는 상황.

실력에 기세까지 더한 레전드를 무명의 선수가 물리친 것이다.

'아무리 업셋이 많다지만…….'

업셋이 통하는 건, 어디까지나 대회 초반인 1, 2라운드에 한한다.

8강까지 올라왔다면, 톱 플레이어는 어지간해서 무너지지 않는다.

"정보를……."

척—

본선에 참가하는 모든 선수의 정보를 쥐고 있는 강춘수는, 영석의 말이 떨어지기가 무섭게 종이 뭉치를 건넸다.

팔락, 팔락—

1라운드가 시작되기 전, 개괄적으로 정리되어 있던 자료와 달리, 지금의 자료는 무척이나 상세했다.

"흠……."

질식할 것 같은 공기 속에서, 영석은 다크호스로 떠오른 4강

상대의 자료를 보며 침음을 흘렸다.

*　　　　　*　　　　　*

마틴 베르켈크(Martin Verkerk).

강춘수가 건넨 자료를 아무리 봐도, 이 선수가 그리 특출하지 않다는 것 하나만 제대로 알게 됐다.

'…….'

네트 너머, 영석과 비슷한 키의 백인 선수가 형형한 눈빛을 하고 있었다.

무명(無名)의 그저 그런 선수가 영광스러운 무대를 앞두고 있다는 것.

스스로가 일으키고 있는 파란에 대해 잘 인지하고 있는 베르켈크는 굉장한 놀라움과 자부심이 복잡하게 얽혀 있는 눈빛을 하고 영석을 노려보고 있었다.

─지금 이 순간에는 이름값 따윈 아무런 소용이 없어!

라고 외치는 듯한 그 눈빛에 영석은 그만 피식 실소를 짓고 말았다.

'기세도 탔겠다… 무서울 게 없다는 건가.'

그 어느 위대한 선수라도, 무명일 때는 있다. 실력이 부족할 때도 있다.

그런 선수에게 필요한 것은 단 하나. 바로 계기(契機)다.

베르켈크는 이번 2003 프랑스 오픈을 계기로 훨훨 비상하려는 야망을 품고 있을 것이다.

4강.

모래알 같은 선수 중 메이저 대회에서 이 무대에 설 수 있는 기회를 얻기란, 그야말로 지난한 일이니 말이다.

'확인해 봐야지.'

서면으로는 수십 번을 읽어도 감을 잡기 힘들다.

선수라면, 직접 몸으로 부딪쳐 봐야 상대의 역량을 가늠하게 마련이다.

그 작업은 언제나 영석에게 큰 기대를 준다.

'새로운 사람은 늘 환영이지.'

그렇게 불꽃 튀는 4강전이 시작되었다.

*   *   *

쾅!!!

베르켈포의 대포가 터진다.

쉭!!!

어림잡아 230km/h남짓.

몸의 탄력을 살리는 대신, 타고난 어깨를 이용한, 힘으로 밀어붙이는 서브다.

씨익—

득의양양한 미소가 베르켈크의 얼굴에 살짝 머물렀다가 떠난다.

서브 하나에도 자신감이 절절하게 묻어 나온다.

휘릭—

그리고 영석은 빛살처럼 몸을 놀려, 그런 베르켈크의 기대감을 부숴 버렸다.

정광이 흐르는 눈은 여지없이 꼬리를 남기며 쏘아져 오는 공의 본체를 정확히 캐치했고, 빛과 같은 반사 신경이 번뜩 빛나며 큰 몸을 기민하게 움직이게끔 한다.

쉬익— 쾅!!

공이 총알처럼 되돌아간다.

탄력이 부족하고 힘이 가득한 서브는, 라켓을 그저 똑바로 대는 것만으로도 차고 넘치는 리턴을 할 수 있다. 그것에 필요한 것은, 뛰어난 동체 시력과 정확한 반응뿐이다. 영석은 이 모든 것을 한 몸에 지녔고 말이다.

쿵!!

구석을 날카롭게 후벼 판 영석의 공은 베르켈크를 망연자실하게 만들었다.

"러브 피프틴(0 : 15)!!"

두둑, 둑!

귀가 즐거워지는 심판의 선언을 음악 삼아, 영석이 목을 한차례 돌린다.

여유와 자신감은 이럴 때 내보여야 한다는 듯, 공을 치지 않고도 베르켈크를 지속해서 압박한다.

'로딕이 아니고서야… 날 곤란케 하는 서버는 거의 없지.'

상대가 자신감을 갖고 있는 분야.

그것을 하나하나 깨부수는 건, 이토록 즐거운 일이었다.

4 : 3.

처음 마주하는 선수를 상대로 할 땐, 늘 느슨하게 경기를 운영하는 습관 덕분에, 스코어는 제법 팽팽한 양상으로 보였다.

'대충 알겠어.'

베르켈크는 전형적인 '강타'를 무기로 삼는 선수다.

서브는 물론이고, 원 핸드로 펼치는 백핸드는 실로 강맹해서 제대로 들어간다면 쉽게 포인트를 딸 수 있는 가능성이 크다.

─작두를 탄 날.

이런 유형의 선수들은 가끔, 아주 가끔 말도 안 되는 플레이를 펼친다.

정확한 수치로 표현할 수 없는, '컨디션'이라는 오묘한 것에 의해 소위 '작두'를 타게 되는 날인데, 상대가 도저히 물리적으로 받아낼 수 없을 만큼의 빠르고 강한 공을 코트 구석에 때려 박게 된다. 그것도 시합 내내.

140~160㎞/h이상의 공을 '그라운드 스트로크'로 몇 번이고 성공시키게 되면, 아무리 대단한 선수라도 받아낼 재간이 없다.

'거기에 기세까지 타면… 끔찍하지.'

아웃이 되든 말든, 강하게 치는 버릇을 어렸을 때부터 착실하게 뼈에 박아놓은 몇 안 되는 선수들에게 허용된 '로또' 같은 샷.

분명 베르켈크가 이 시합에 임하며 무기로 삼은 것 중에 하나다.

콰앙!!

한 손으로 휘두름에도 귀청이 떨어질 것만 같은 폭음이 들린다.

키까지 큰 베르켈크는 백핸드를 마치 내려찍듯이 후려갈긴다.

'우선은 방어.'

일체의 여유도 허락되지 않는 공에 대응하는 방법은, 꼴사납더라도 어떻게든 공에 라켓을 갖다 대는 것이다.

펑!

허리를 접듯 앞으로 옆으로 몸을 기울여 간신히 라켓에 공을 맞췄다.

이 또한 영석의 빠른 발 덕분이다.

영석은 그 와중에도 신기의 손목 컨트롤로 공을 구석에 보내는 것만큼은 성공시켰다. 베르켈크의 포핸드 방향, 즉 듀스코트를 향해서다.

'다행히 포핸드는 백핸드처럼은 못 쳐.'

촤촤촤악!!

공이 느린 탓일까.

베르켈크가 공을 지나쳐 꾸역꾸역 백핸드로 칠 자세를 만든다.

남들이 어떻게든 포핸드로 치려고 하는 모습과 같은 맥락이지만, 주포(主砲)가 백핸드라 사뭇 어색해 보인다.

쾅!!!

굳이 백핸드로 친 공은 여지없이 레이저처럼 쭉쭉 뻗어온다.

오픈 스페이스. 듀스 코트다.

'쳇.'

한차례 혀를 찬 영석이 몸을 날려 폴더 폰처럼 허리를 다시 한번 접는다.

'이건 어떠냐.'

구질과 속도까지 다룰 여유는 없지만, 코스는 대략적으로 노릴 수 있다.

16분할의 13번 위치.

'약하게.'

퍽!

드롭도 아니고, 그라운드 스트로크도 아닌 공이 흐물 넘어간다.

촤촤촥!!

절정의 컨디션을 자랑하는 베르켈크가 빠르지 않은 다리를 열심히 놀려 공에 다가간다.

네트 지근거리.

공을 강하게 치기보다 긁어 올려야 하는 상황이다.

'컨디션이 좋으면…….'

퉁!!

'이상한 짓을 하지!'

탁!!

땅을 강하게 박찬 영석이 쏜살같이 달려간다.

베르켈크의 선택은 드롭. 기교와는 거리가 멀어 보이는 선수지만, 지금의 베르켈크는 일종의 각성 상태에 빠져 있다.

하지만 그는 자신과 체구가 비슷한 영석이 이토록 빠를 수 있다는 걸 간과했다.

훙—

거센 바람을 일으키며 순식간에 공에 도달한 영석이 차가운 안광을 쏘아내며, 기교를 부린다.

툭—

지팡이로 땅을 툭 치듯, 무심하게 공을 치며 '옆으로' 긁어버렸다.

휙—

공이 사선을 그리며 절묘하게 네트를 넘는다.

촤아아아악—

베르켈크가 긴 다리를 찢다 못해 엉덩방아를 찧었지만, 공까지는 역부족이었다.

툭, 툭—

'대포 세례를 받아낼 수 있는 최저한의 능력만 있다면, 나머진 발이지.'

마치 수학의 공식처럼, 영석은 가뜬하게 포인트를 기록하고 몸을 획 돌려 베이스라인으로 걸어갔다.

6 : 4.

치고받는 와중에 단 한 번 브레이크에 성공한 영석의 승리.

1세트는 그렇게 끝이 났다.

절정의 컨디션을 자랑하는 베르켈크와, 공을 받아내기에 급급해 보인 영석의 1세트는 언뜻 보기에 접전으로 보였다.

최소한, 관중석에서 보기에는 서브 능력도 비슷해 보였고, 그라운드 스트로크에서는 시종일관 베르켈크의 우세로 보였다.

그러나 코트 위의 두 선수는 지금 어떻게 경기가 흘러가고 있는지 잘 알고 있다.

2세트.

휘릭— 쾅!!

영석이 서브를 날리고 침착하게 앞으로 나선다.

마치 리턴이 어디로 떨어질 건지 예측이라도 한듯, 나선 위치는 우측 서비스라인 언저리.

굉장히 어중간한 위치였다.

펑!!

그리고 베르켈크가 몸을 구기며 팔을 뻗어 리턴에 성공한 공은, 놀랍게도 영석이 서 있는 곳 근처였다.

—그쪽으로 보내기 싫어도 보낼 수밖에 없게끔 만드는 것.

베르켈크의 모든 역량을 세세하게 파악한 영석의 남다른 관찰력이 자아낸 믿기지 않는 계산이 발휘되었다.

쾅!

넘어온 공을 사뿐히 빈 공간으로 찔러 넣은 영석은 베르켈크의 반응을 유심히 살폈다.

'이제 기가 좀 죽었군.'

상대를 관찰하는 영석.

그야말로 냉철한 실험자의 눈과 다름이 없었다.

*   *   *

6 : 4, 6 : 3, 6 : 4.

경기는 영석의 일방적인 승리로 끝을 맺었다.

하나하나 베르켈크의 장점을 분쇄하다 보니, 베르켈크는 1세트 초반에 보였던 대포 같은 샷들을 날리지 못하게 됐다.

그 자신의 자신감 문제도 있었지만, 영석의 교묘한 계략(?)에 빠져든 탓이 컸다.

―25분할 고정.

―구질을 다양하게.

영석이 취한 전략이다.

바늘구멍만큼의 여유가 생기자, 그 틈을 집요하게 파고들어 베르켈크의 타점을 조금씩 갉아먹으려는 시도였다.

그리고 그 시도는 소기의 성과를 거뒀다.

도박성 짙은 공을 열 번 중 아홉 번 정도 성공시키던 베르켈크가 일곱 번 정도 성공하더니, 종래엔 다섯 번 내외만 성공시키며 자신감이 많이 하락한 것이다.

폭발력 있는 샷을 주저하기 시작하면서, 영석의 여유는 상대적으로 커져만 갔다.

그리고 시작된 폭격.

영석은 여봐란듯이, 아껴뒀던 강맹한 그라운드 스트로크를 마음껏 터뜨리기 시작했다.

입장이 역전된 것이다.

한 가지 다른 점은, 베르켈크의 발이 영석만큼 빠르지 않다는 것, 단 하나뿐이었다.

그는 역전된 입장을 되돌릴 무기가 아무것도 없었다.

―컨디션에 좌우되지 않는 것, 그것은 서브와 발.

―이 두 가지에 강한 선수는, 어떤 상황에서도 자구책은 마련할 수 있다.

영석은 두 가지 다 가졌고, 베르켈크는 한 가지만 가졌다.

어찌 보면 불공평할 수도 있을 정도의 사소한 차이.

하지만 결과는 영석의 낙승이었다.

"훌륭했습니다."

강춘수가 영석의 가방을 받아 들며 어쩐 일로 공치사를 다했다.

영석이 의아하다는 듯이 바라보자 헛바람을 삼킨 강춘수는 어지럽게 말을 쏟아내기 시작했다.

그답지 않았다.

"그, 어, 베르켈크가 뭘 해도 성공하기만 해서 솔직히 초반엔 걱정이 많았습니다. 영석 선수가 너무 소극적으로 대응하고 있는 건 아닌지 염려도 많이 들었고요. 애거시도 그 기세에 휩쓸려 버렸으니까요."

"애거시!"

영석이 퍼뜩 일갈했다.

"왜 애거시는 졌을까요? 그 양반이 공략법을 모르는 것도 아닐 테고, 자주는 아니더라도 이런 경험은 꽤 많이 겪었을 텐데……."

"……."

영석의 말에 강춘수는 골똘히 생각해 봤지만, 답이 나오지 않았다.

"…강 대 강으로 나섰나?"

애거시의 특기는 '빠른 타이밍의 스트로크'.

자신의 타이밍뿐 아니라, 상대의 타이밍도 크게 잘라, 느슨함을 잘라먹는 것이 애거시의 전매특허다.

필히 빠른 속도의 공방전이 오고 갔을 것.

아마, 베르켈크의 컨디션을 봤을 때, 그라운드 스트로크에서 미세하게 우위를 점했을 것이다.

그리고 격랑처럼 몰아친 끝에 애거시를 녹다운시켰을 공산이 크다.

지금의 애거시에겐 그것을 버텨낼 체력이 부족하다.

"뭐, 일단은 이겼으니 아무 문제 없겠죠. 갑시다. 배고프네요."

영석은 고민하는 것을 그만두고, 숙소로 향했다.

식사와 샤워가 간절했다.

*   *   *

진희의 얼굴빛이 썩 좋지 않았다.

"에냉이 이겼구나?"

영석이 슬쩍 다가와 묻자, 진희가 힘없이 고개를 끄덕였다.

6 : 2, 4 : 6, 7 : 5.

남자와 달리 3세트 경기 룰을 가지고 있는 여자 경기.

세레나와 에냉의 준결승은 스코어로 알 수 있듯, 접전에 접전을 거듭한 끝에 에냉의 승리로 끝을 맺었다.

"…아, 복수해야 되는데."

여간 아쉬운 것이 아니었던지, 진희는 뿌득뿌득 이를 갈기까지 했다.

"일단은, 에냉에 집중하자. 메이저 결승에서는 지금까지의 전적이 아무런 소용이 없어."

영석이 조금은 준엄하게 짚어야 할 것을 짚었다.

진희가 동의한다는 듯 고개를 끄덕였다.

"맞아. 지금 조금 집착하고 있다는 건 잘 인식하고 있어. 에냉……. 분명 장난 아니겠지? 몇 번을 붙어봤는데… 내가 잘 알지. 벌써부터 정신이 혼미할 정도인걸. 그래도 세레나가 아닌 건 아쉬워."

이제 겨우 스무 살.

무엇이 중요한지는 잘 인식하고 있지만, 자신의 욕구를 눌러 없애지는 않는다.

―우승은 중요해.

―결승에선 세레나와 붙고 싶어.

본인이 잘 인지하고 있다시피 한낱 욕심이다.

그러나 진희는, 영석의 앞에서만 날것 그대로의 솔직한 모습을 보인다.

그리고 그것을 알고 있는 영석은 쓴웃음을 지을 뿐이었다.

"비록 이해한다는 말을 함부로 하지는 못하지만, 진희 네 마음은 잘 알아. 설욕의 기회는 앞으로도 얼마든지 있잖아. 모레가 결승이지? 내일은 나랑 가볍게 몸 풀자."

여느 메이저 대회처럼 단식, 복식, 혼합복식까지 치르기 때문에, 결승전까지는 완전한 하루의 여유가 있다.

"응."

진희가 고개를 끄덕이며 아기 새가 어미 품에 안기듯, 영석을 바짝 끌어안았다.

그러고는 영석의 어깨에 얼굴을 묻고 천천히 숨을 쉬었다.

한참을 그러고 있었을까.

고개를 든 진희가 장난꾸러기의 얼굴이 된다.

"네 냄새 맡으니 마음이 차분해진다."

"……."

영석은 난처하다는 듯 웃음 지었다.

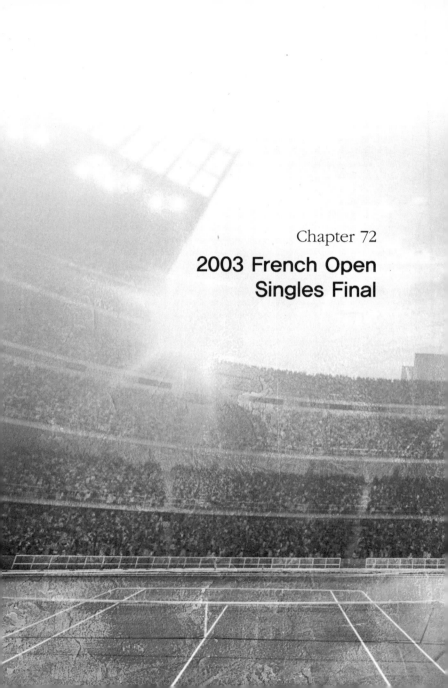

Chapter 72

2003 French Open
Singles Final

2003. 06. 07.

한 해의 절반에 거의 다다를 무렵, 클레이 시즌의 끝을 알리는 롤랑가로스, 그 결승의 무대가 막을 올렸다.

이번에도 가족들을 포함하여 여러 지인들이 프랑스에 속속들이 도착했다.

물론, 항공편은 모두 영석과 진희가 부담했다.

태수와 나래는 이번에 시합 일정이 겹치게 되어 부득이 못 오게 됐다.

"얼굴이 좋은데?"

최영태가 거뭇하게 자란 턱수염을 쓰다듬으며 뇌까렸다.

옆에 앉은 영석은 만족스러운 눈빛으로 몸을 풀고 있는 진희를 바라봤다.

"이러니저러니 해도 본방에 들어가니 사람이 바뀌네요."

"내가 보기엔 너랑 있을 수 있어서 저런 거 같은데?"

"그럼 다행이고요."

농담을 던지는 최영태의 태도에서 여유가 느껴졌다.

자신의 제자들이 단숨에 톱 레벨에 도달한 속도에 맞춰, 코치로서 침착함과 여유를 항상 챙겨둘 수 있는 깜냥이 생긴 것이다.

"아이고, 저는 눈을 못 뜨겠어요."

"괜찮아요, 진희 엄마. 아직 시합 시작 안 했는데요, 뭘."

옆에서는 진희의 부모님과 영석의 부모님이 나란히 앉아 서로의 손을 꼭 붙잡고 있었다.

양 집안의 친목 정도는 이미 일정 수준을 넘어서, 서로가 서로를 완전히 한 가족처럼 여기고 있음이 잘 드러난다.

"바아~!"

아무것도 모르는 최승연이 이유리의 품에 안겨 허공에 손을 휘젓고 있었다.

펑!!

펑!!

진희와 에냉은 가볍게 몸을 풀고 있었다.

눌러쓴 모자, 단순한 디자인의 티와 짧은 바지를 입은 에냉은 여전한 모습이다.

'아름다움'이라는 가치를 놓치고 싶어 하지 않는 다른 선수들에 비교하면, 너무나 수수한 차림이다.

어찌나 여성성이 느껴지지 않는지, 오히려 작은 소년 같은 모습이다.

쉬익ㅡ

하지만 몸을 움직이기 시작하자, 보는 이들의 눈빛이 달라진다.

에냉은 스포츠 선수답게, 움직임으로 아름다움을 발산하고 있었다.

역설적으로 그 모습이 그 어떤 여자 선수보다도 우아하고 기품이 있어 보였다.

'익숙해.'

여전히 보는 이의 혼을 쏙 빼놓는 에냉의 백핸드를 마주하며, 진희는 무덤덤하게 팔을 휘둘렀다.

아무리 훌륭한 스윙이어도 자주 보게 되니 면역이 되어 익숙하게 받아들이는 것이다.

'오늘은 얼마나 정신이 없을까.'

에냉의 아름다운 스윙은 둘째 치고, 진희의 머릿속은 이번 경기를 잘 풀어나가는 것, 그것 하나로만 가득 차 있었다.

삼파전(三巴戰).

WTA의 현재를 한 단어로 요약하면 위와 같이 할 수 있었다.

확고부동한 여제 자리를 지키던 세레나 윌리엄스, 그리고 그녀를 고꾸라뜨리기 위한 여전사들의 대결 구도가 WTA판을 뜨겁게 달구고 있는 것이다.

김진희라는 걸출한 선수를 필두로, 쥐스틴 에냉, 킴 클리스터스 등… 2위 그룹의 면면은 그야말로 신성들로 가득 차 있었다.

그리고 1위 탈환을 목적으로 한 이 그룹 내에서도 유난히 빨리 세레나와 동일 선상에 선 선수들이 있다.

현재 세레나와의 상대전적이 동률에 빛나는 진희는 호주 오픈에서의 패배 이후, 세레나와의 대전 때마다 승리를 거두며 연전연승(連戰連勝)을 거뒀다. 놀랍게도 진희는 호주 오픈 결승 이후 약 3, 4개월 동안 세레나를 포함한 모든 선수를 상대로 단 한 차례의 패배도 기록하지 않으며 세계 랭킹 1위에 가장 근접한 WTA 선수로 기대를 모으고 있었다. 일부 평가에 의하면, 'WTA의 역사가 바뀌고 있다'는 평가까지 듣고 있었다.

그리고 또 한 명의 선수, 쥐스틴 에넹.

명백한 하수의 입장에서 단번에 호적수로 떨쳐 일어난 진희와 달리, 삼파전의 일각을 상대적으로 오랫동안 담당하고 있는 에넹은 1999년 데뷔한 이래부터 윌리엄스 자매와 각축을 벌일 만한 실력자로 유명했다.

작고 가녀린 체구와는 달리, 강맹한 그라운드 스트로크를 선보이며 WTA에 등장한 그녀는 'WTA 역사상 가장 완벽한 원 핸드 백핸드 플레이어'라는 찬사를 들었었다.

그리고 그 재능을 2003년에 들어 완벽하게 피워내고 있었다.

만만찮은 두 도전자에 맞서, 세레나는 여전히 공고하게 여제의 위치를 지키는가 싶었지만, 2003년 호주 오픈 이후로 서서히 성벽에 금이 가기 시작했고, 지금, 프랑스 오픈 결승에서는 모습조차 보이지 못했다.

2위 그룹에서 일어난 일대 반란.

그 파란의 주인공인 두 선수, 김진희와 쥐스틴 에넹의 결승전이 곧 시작하려 한다는 것 하나로 지금 프랑스는, 전 세계의 관심을 독차지하고 있었다.

*　　　　*　　　　*

1 : 1.

2003년 롤랑가로스 결승전은 첨예한 눈치 싸움으로 시작되었다.

"서브는 비슷하네요."

둘 다 180~190km/h 정도로, 딱히 훌륭하지도, 모자라지도 않는 서브 능력을 보이고 있었다.

아직 몸이 덜 풀렸는지, 더러 미스나 에러가 나오기도 했다.

"진희는 탄력, 에넹은 뻗어나가는 힘… 종류가 다르긴 해도, 종합적으로는 비슷하지."

영석을 홀로 두고(?) 클레이 시즌 내내 진희의 전담 코치를 맡았던 최영태는 침착한 어조로 해설을 하기 시작했다.

"둘 다 서브가 비슷하다면, 누가 먼저 리턴에 대해 감을 잡느냐에 따라 승부가 어느 한쪽으로 기울겠죠."

영석도 만만찮게 침착한 어조로 말을 받았다.

이 사제(師弟)는 시합에 과하게 몰입하기보다, 냉철하면서도 침착한 태도를 우선시한다.

마음 저 밑에서는 진희에 대한 걱정이 넘치면서 말이다.

쾅!!

마침, 폭발적인 소리와 함께 에넹의 백핸드 리턴이 작렬했다.

진희가 듀스 코트에 서서 센터로 꽂는 서브를 귀신같이 알아챈 에넹의 완벽한 리턴이었다.

쉬익—

진희가 몸을 날려봤지만, 공은 한발 빠르게 코트를 벗어나 버렸다.

에넹의 섬전 같은 백핸드는 클레이라는 환경에 구애받지 않는 듯, 기세가 좋게 쭉 뻗어 미끄러져 들어갔다.

여전히 자신을 제외한 모든 선수의 백핸드를 오징어(?)로 만들어 버리는, 우아하고 아름다운 스윙이었다.

"여전히… 대단하네요."

"괜찮아."

영석과 최영태가 도란도란 얘기를 나누는 한편, 코트에 있는 진희는 상당히 침착했다.

'먼저' 리턴 에이스를 당하며 기세를 뺏겼지만, 일희일비(一喜一悲)하지 않았다.

'이런 거 하나하나에 신경을 쓰기엔… 우린 너무 많이 만났지.'

부상으로 일탈했던 영석과 달리, 세계를 무대로 빠르게 나아갔던 진희는 무서울 정도의 퍼포먼스를 보이며 일찌감치 유명 선수들과 라이벌 구도를 구축했었다.

어떤 대회를 참가해도, SF 이상에 갔을 때 보이는 선수들은 한정적이다.

에넹도 그중 하나.

거의 매주 만나다시피 하니, 과도하게 긴장할 필요가 전혀 없었다.

"……."

눈에서는 일체의 떨림도 감지되지 않았다.

눈 한 번 깜빡이지 않은 진희는 고개를 고정시키고 에넹의 몸 구석구석과 코트를 훑었다.

동공이 확장되고 축소되는 일련의 과정이 마치 카메라 렌즈 같았다.

"……."

침착한 걸로 따지면 에넹도 만만찮았다.

좋은 플레이를 보였음에도 전혀 기뻐하는 기색도 없고, 파이팅이 넘치지도 않았다.

있는 것이라곤, 치열한 냉정함.

파란 불꽃을 눈 속에 박아놓은 에넹은 진희의 섬뜩한 시선을 느끼고는, 마주 눈빛을 쏘았다.

치이익—

마치 타오르는 듯한 눈빛의 충돌이 두 선수의 치열함을 나타내는 것만 같았다.

고오오오오—

두 선수가 자아내는 차가운 긴장감은 관중들로 하여금 침묵을 강요했고, 그렇게 스릴 넘치는 시합이 다시금 시작되었다.

*　　　　　*　　　　　*

펑!!
펑!!

두 명의 선수가 흙먼지를 피우며 코트를 누볐다.

쾅!!

진희가 한껏 힘을 준 스윙으로 지루한 랠리전에 변화를 불어 넣는다.

몸이 하나의 거대한 스프링인 것처럼 탄력이 넘친다.

쉭―

애드 코트에서 크로스로 보낸 진희의 선택이 의미하는 것은 단 하나.

바로 백핸드 대결을 자처한 것이다.

"……!"

에냉의 눈가가 꿈틀거린다.

진희의 도발이 심기를 건드린 것이다.

쿵!

구질을 마음대로 조절하는 경지에 다다른 진희가 쏘아낸 공은, 바닥을 찍고는 167㎝에 불과한 에냉의 머리까지 튀어 올랐다.

까득―

이글거리는 에냉의 눈동자가 한차례 번쩍이며, 이를 악무는 소리가 났다.

후웅―

살짝 몸을 띄운 에냉이 팔을 휘두른다.

쒸익―

마치 날카로운 검날이 허공을 가르듯, 섬뜩한 소리와 함께 라켓이 휘둘러진다.

그 모습이 마치 한 번의 발도(拔刀)로 적의 목을 치는 검객 같았다.

탁, 촤앗, 촤촤촤악!

진희의 몸이 바쁘게 움직인다.

쉬익―

뱀이 몸을 쭉 펴고 날아오면 이런 느낌일까.

섬뜩하기까지 한 기세를 품은 공이 바닥에 떨어지고 더욱 속
도를 박차는 느낌으로 튕겨져 나간다.

"훅!"

진희가 볼에 빵빵하게 들었던 공기를 내뱉으며 양팔을 휘두
른다.

에넹만큼의 압도적인 격을 느낄 수는 없지만, 안정감이 엿보
인다.

펑!!

다시금 크로스.

이번에는 구질보다는 코스에 신경을 썼다.

에넹의 짧은 리치를 염두한 아슬아슬한 코스다.

촤차악!

펑!!

하지만 에넹은 여지없이 공을 따라잡아 힘차게 팔을 휘두른다.

진희가 구질과 코스를 세밀하게 조정하여 보낸 공 전부에 담
긴 계략과 술수를, 단 한 번의 휘두름으로 무마시키는 느낌이다.

"백핸드 싸움으로 가면 조금 열세일 텐데……."

걱정이 됐는지, 영석이 중얼거리자, 최영태가 차분히 답한다.

"기다려."

세 글자 안에는 진희에 대한 무한한 신뢰가 담겨 있었다.

그리고 진희는 최영태의 믿음에 부합하는 모습을 보이고 있었다.

휘릭—

에냉이 쏘아 보낸 공을 향해 진희가 몸을 던진 것이다.

'라이징?'

진희의 몸놀림을 본 영석이 떠올린 단어다.

'물론 그건 특기지만……'

강자와의 거듭된 대전을 통해 진희는 라이징을 탁월할 정도의 수준으로 향상시킬 수 있었다.

'라이징 선'이라 불렸던 다테 키미코를 한 수 아래에 둘 정도로 말이다.

하지만 그것은 영석도 익히 알고 있는 사실.

'가뜩이나 에냉은 빠르면서도 껄끄러운 공인데……'

쭉 깔리거나 높게 튀는 등… 에냉은 백핸드로 펼칠 수 있는 모든 것을 최고의 영역까지 갈고닦은 선수다. 지금의 공은 낮게 깔리고 튀지 않는, 회전이 극히 적은 공.

진희는 그 공에 주저 없이 몸을 날린 것이다.

"……"

침착한 눈동자가 빠르게 포커스를 공에 맞춘다.

그 속도가 어찌나 빠른지, 거의 기계적이라고 할 수 있었다.

쿵펑!!!

마침내 알맞은 타점을 잡았는지, 진희가 라켓을 갖다 대었다.

라켓은 거의 휘둘러지지 않았다.

대신, 임팩트 순간 진희의 팔에 실금이 그려지며 근육이 거칠게 약동했다.

코스는 여전히 크로스. 진희는 백핸드 대결을 굳이 고집했다.

쉬익—

공은 한차례 빠른 타이밍으로 날아갔고, 에냉은 미간에 주름을 잡으며 그 공을 쫓았다.

마치 기다리고 있었다는 듯 말이다.

쿵쾅!!

진희의 것 이상의 라이징이 에냉의 손끝에서 펼쳐졌다.

공이 정교했다.

"……."

양손으로 하는 백핸드에 비해, 한 손으로 펼치는 라이징이 얼마나 어려운지 잘 알고 있는 영석은 라이징 대결로 넘어간 이 양상을 흥미롭게 바라봤다.

"지금이야."

옆에서 최영태가 조용히 읊조린다.

진희의 몸이 여지없이 앞으로 나아간다.

라이징을 처리하고 다시 베이스라인으로 물러난 에냉과 달리, 진희는 서비스라인과 베이스라인 사이에 위치하고 있었다.

그 상태로 앞으로 더 치고 나가니, 마치 곡예처럼 보는 이를 절절거리게 만든다.

쉬익—

이번에도 알맞은 타이밍에 라켓이 튀어 나간다.

그리고,

팡—

"……!!!"

영석이 놀라 그 자리에서 벌떡 일어났다.

진희는 그 순간에 손목을 기민하게 조작해 '늦게' 공을 맞혀 '약한' 공을 짧고 큰 각도로 보낸 것이다.

타점은 비슷한데, 신기하게도 타이밍이 몇 단계나 늦춰진 것 같은 느낌이다.

"훅!!"

숨을 길게 내뱉은 에냉의 얼굴이 '올 것이 왔구나'라는 표정으로 가득하다.

스펑!

허리를 접으며 크게 팔을 휘둘러 공을 휘감아 올린 에냉은 공을 쭉 지켜봤다.

차르르륵—

공은 강맹한 회전을 머금고 네트에 박혀 휘릭— 공회전을 하고 있었다.

"저게… 가능하네요."

라이징은 자신의 타이밍을 잘라 상대의 타이밍을 빼앗는 데 의의를 두는 샷이다.

제자리에서 치기도 힘든 라이징을, 진희는 몸을 앞으로 던져 성공시켜 에냉의 타이밍을 한 번 더 빼앗고는, 뒤이은 샷에서는 타이밍을 두 단계 정도 늦춘 것이다.

타이밍을 몇 개의 영역으로 세밀하게 나눈 후, 그 간극을 제대로 활용하고 있는 셈이다.

"어떤 타이밍, 어떤 상황에서도 터치 감각 하나로 저런 짓을 가능하게끔 하는 거지……."

최영태의 말에 영석도 고개를 끄덕이며 다시 자리에 앉았다.

'공과의 거리가 짧다 못해 거의 없는 지경인데… 저게 가능하다니……'

타점이 조금만 빗나가도 관중석으로 공이 날아가기도 하는 라이징.

진희는 자신의 몸과, 공, 그리고 공간을 완벽하게 통제하고 있었다.

일신우일신(日新又日新).

너무나 전형적이지만, 진희는 하루가 다르게 또 다른 발전을 이룩해 냈다.

"……."

영석은 그 모습을 경이롭다는 듯 바라보았다.

*　　　　　*　　　　　*

쿠오오오오오―

메이저 대회 중 가장 작은 크기의 센터 코트를 가진 프랑스 오픈이지만, 그래도 만 명이 훌쩍 넘는 관중들이 쏟아내는 열기는, 거대하고 또 거대하여 폭포 같았다.

"……."

경기를 관람하고 있는 일행들도 모두 침묵을 지키고 있었다.

다들 얼마나 긴장했는지, 움켜쥔 주먹이 하나같이 새하얗게 물들어 있었다.

그만큼 오늘의 결승전은 대단하다고밖에 표현할 수 없었다.

'명경기'라 불리는 경기들은 여러 가지 유형의 것이 있다.

슈퍼 플레이가 쏟아져 나와 관중들을 열광으로 몰아넣는 경기가 있고, 대전하는 두 선수의 스토리가 재밌는 경기가 있다.

진희와 에냉이 펼치는 경기는 위 유형들과는 다른 방식으로 명경기에 근접했다.

"길면서도… 순식간이네요."

"……"

영석의 말에 최영태도 동의하는 듯, 고개를 끄덕였다.

7 : 5, 6 : 5.

딱히 실력 차가 눈에 보이지 않는 선수들이 한 포인트, 한 포인트를 소중히 쌓아가며 기를 쓰고 상대의 것을 빼앗으려는 치열함으로 가득한, 그야말로 '첨예함'이라는 단어가 어울릴 경기는 보는 이로 하여금 숨조차 조심히 쉬게끔 만들었다.

보는 이로 하여금 입이 딱 벌어지는 슈퍼 플레이는 몇 번 나오지 않았지만, 수준 높은 랠리전과 상성을 따질 수 없는 두 선수의 스타일 덕분에 박진감이 넘쳤다.

퉁, 퉁…….

온몸으로 땀을 쏟아내며, 에냉이 공을 튕기고 있었다.

얼마나 땀을 흘렸는지, 팔뚝과 허벅지, 종아리가 기름을 바른 것처럼 번들거렸다.

무릎 아래로 흙 알맹이들이 후춧가루처럼 뿌려져 있는 것이 인상적이다.

"……."

1세트를 뺏기고, 2세트마저 코너에 몰린 상황.

하지만 예냉의 눈빛은 결코 패배를 앞둔 사람의 것이 아니었다. 여전한 치열함이 내재되어 있었다.

"…후."

오히려 정신적으로 피폐해지고 있는 것은 진희였다.

본인은 침착하다고 여기고 있지만, 늘어나는 심호흡은 막을 도리가 없었다.

그리고 그걸 인지하지 못하고 있다는 것이 가장 진희에게 당면한, 심각한 상황이었다.

"후우……."

경기에 집중하고 있는 동안은 괜찮았다.

그러나 한 경기만 이기면 우승이라는, 오금이 저리는 그 순간을 앞두고 일렁이는 공기는… 실로 대단했다.

고오오오오—

관중들도 모두 이 중요한 순간에는 침묵을 지키고 있지만, 한 포인트 한 포인트가 끝날 때마다 귀청이 떨어져 나갈 것 같은 소리를 쏟아낸다.

꽈르르르릉—

목이 터져라 소리를 지르고, 박수를 쏟아내고, 발을 구른다. 천둥소리도 이보다는 작을 것이다.

테니스 경기의 특성상, 포인트가 진행되는 도중에는 침묵을 지키는 것이 주요 에티켓이다.

소리를 낼 수 있는 시간이 한정적이기 때문에 관중들은 억누르던 환호를 중간중간 터뜨리는 것이다.

그때마다 심장의 박동이 조금씩 빨라져, 지금에 와서는 귓가에 울리는 고동 소리 때문에 머리가 아플 지경이었다.

우승 따위는 몇 번이고 해봤지만, 메이저 대회 우승을 앞둔 지금은 격이 다른 초조함과 공포가 밀려들어 왔다. 팽팽하게 당겨져 있던 '긴장감'이라는 이름의 실이 당장에라도 단숨에 끊어져 버릴 것 같은 아슬아슬함이 마음을 좀먹고 있었다.

펑!!

에냉이 기어코 서브를 날렸다.

긴장감으로 무거워진 대기를 거침없이 가르며, 공이 점에서 수박만 하게 다가온다.

결코 빠르진 않지만 흔들림이 없는 기개를 잘 나타내는, 기세 좋은 서브다.

"후-우-욱⋯⋯."

길게 숨을 내뱉은 진희는, 자신의 머리가 새하얗게 물들어가는 것을 느꼈다.

거의 앞이 보이지 않을 정도의 패닉 상태였다.

펑!!

잘게 경련하는 다리와 팔을 어떻게 달랬는지, 진희의 의식과는 별개로 몸이 움직인다.

렌즈처럼 움직이던 동공은, 이 순간 크게 확장된 상태로 잘게 떨릴 뿐이다.

펑!!

썩 날카롭지 않은 리턴.

치는 순간, '아차' 싶었다.

하얗던 의식이 거뭇하게 물들 정도로 아뜩한 마음이 들었다.

뚜둑—

정신을 차리기 위해 아랫입술을 독하게 악물었다.

몸서리치는 고통이 순간적으로 의식을 날카롭게 찌르며 후벼 판다.

"……!!"

명멸해 가던 빛이 다시 눈동자에 맺히는 순간, 진희는 그제야 에넹의 몸 전체를 다시금 시야에 둘 수 있었다.

애써 그런 척하는 것인지, 아니면 정말 담이 큰 것인지… 일촉 즉발의 상황에서도 에넹은 심유한 눈빛을 하고 있었다.

쫓아가는 입장, 아쉬울 것 없다는 심리의 우위를 그대로 살리 는 것이다.

쾅!!

에넹이 팔을 휘두른다.

네트 위 1m 지점을 훌쩍 넘어 큰 포물선을 그리는 백핸드다.

정신이 퍼뜩 들었던 진희는 이를 악물고 베이스라인 뒤로 한 참을 물러섰다.

지금의 정신 상태라면, 라이징은 언강생심 꿈도 못 꾼다는 것 을 스스로 잘 인지하고 있는 것이다.

촤촤촥!!

분명 평소와 비슷한 속도로 움직이고 있을 텐데, 떨리는 다리 는 괜히 느리게만 느껴졌다.

쉬익!

손목, 팔꿈치, 어깨…….

관절이란 관절엔 모두 살얼음이 낀 듯, 조금의 부드러움도 없이 딱딱하게만 느껴졌다.

펑!!

치는 순간, 리턴에 이어서 이번 공도 그리 만족스럽지 못한 공이라는 것을 대번에 알았다.

탓!

진희는 공을 침과 동시에 네트로 돌진했다.

네트 주변에서 발리로 승부를 보겠다는 결정을 빠르게 내린 것이다.

그것만이 끊어질 것 같은 긴장감을 붙들어줄 수 있는 유일한 방도라 판단했다.

그리고… 모두를 얼어붙게 하는 장면이 나왔다.

툭―

공은 네트를 맞히고 공중으로 휙 떴다.

"……."

"……."

진희와 에냉 모두 말을 잃고 공의 행방을 지켜봤다.

잔뜩 웅크린 에냉의 몸에 불긋하게 솟아 있던 근육들이 가라앉고, 흙먼지를 피우며 들소처럼 돌진하던 진희도 몸을 멈췄다.

툭툭…….

공은, 에냉 쪽으로 넘어가 힘없이 몸을 눕혔다.

"게임 셋 매치……."

와아아아아아아!!!

기나긴 혈투가 끝났음을 축하해 주는 관중들의 환호성이 얼마나 무거웠는지, 갑자기 중력이 수십 배는 늘어난 것 같았다.

진희는 그 자리에 주저앉았다. 그러고는 고개를 땅에 파묻고 있는 힘껏 소리를 질러댔다.

"아아아아아아아아!!!"

아무에게도 들리지 않을, 거대한 고함을 질러댄 진희가 옆으로 털썩 쓰러졌다.

그러고는 아예 팔다리를 쫙 펴고 드러누웠다. 그 탓에 흰옷 여기저기에 붉은 흙이 묻었다.

2003 French open final.

진희는, 프랑스 오픈 우승자 명단에 자신의 이름을 올렸다.

드디어 '메이저 대회 우승'이라는 위대한 업적을 하나 세운 것이다.

         *   *   *

강춘수에게 배운 불어로 짤막하게 '불어를 잘 못 하는 관계로 영어로 인터뷰하는 것에 심심한 유감을 표합니다'로 시작한 인터뷰는 담담한 어조로 깊이가 있는 내용을 차분하게 다뤘다.

감정 컨트롤을 잘하고 있다는 증거였다.

우승컵을 들어 올리고, 사진을 찍는 그 순간에 빗소리처럼 쏟아졌던 플래시 세례에는 아름답게 웃기까지 했다.

"……."

일행은 진희가 라커룸으로 들어가는 것을 확인하고는, 모두 밖으로 나와 대기하고 있었다.

다들 여운을 쉽게 떨쳐내지 못하는 듯, 아무런 말을 나누지 않고 그저 걸음을 옮길 뿐이었다.

"아니, 이거 왜 이리 조용합니까? 우리 진희 선수가 우승을 했는데!"

저 멀리서 박정훈이 일행을 발견하고 빠르게 뛰어왔다.

나이를 잊은 중년의 해맑은 미소가 일행을 현실로 돌아오게 만들었다.

보기 좋기도 하고, 보기 부담스럽기도 한 그 미소에 뒤이어 김서영이 익룡이 우는 듯한 소리로 만세를 부르며 뛰어왔다.

"꺄아아아아아아!!!"

소름 끼치게 높은 그 소리에 엄청난 인파가 시선을 집중했지만, 김서영은 아랑곳하지 않고 뛰어와 진희의 모친에게 달라붙었다.

"어머님!! 축하드려요!!!"

그제야 일행은 진희의 부모님에게 달라붙어 축하의 말을 건넸다.

찰카찰카—

그리고 박정훈은 이런 좋은(?) 장면을 놓치지 않고 연신 셔터를 눌렀다.

"엇!"

그 와중에 영석이 진희가 나오는 것을 목격하고 소리쳤다.

두두두—

일행은 누구 할 것 없이 모두 빠르게 진희를 향해 뛰어갔다.

개중에는 물론, 영석이 가장 빨라 제일 먼저 진희를 맞이할 수 있는 영광(?)을 얻었다.

"진희야!!"

"……."

진희는 영석을 필두로 일행들이 뛰어오는 걸 보더니 표정을 일그러뜨렸다.

그러고는 방울진 눈물을 눈 끝에 매달고는 영석을 향해 뛰었다.

와락—

가슴팍에 안긴 진희를 마주 안은 영석은 이내 앞섶이 뜨겁게 물들고 있음을 알아챘다.

"……."

진희는 소리 없이 오열했다.

호주 오픈 때와는 다르다.

이번에는 기쁨과 안도감에서 오는 눈물이었다.

"수고했어. 정말 잘했어."

영석은 진희의 머리를 쓰다듬으며 나직이 중얼거렸다.

*   *   *

그날은 진희의 날이었다.

모든 이의 관심을 독차지한 진희는 한층 성숙한 태도로 언론을 다뤘고, 유난히 극성을 피우는 한국의 언론들에도 차분하고 침착하게 승리의 소감을 말했다.

"오늘은 부모님 모시고 밖에서 맛있는 거 먹고 와라."

최영태의 말에 따른 진희네 가족이 강혜수를 대동하고 모두 자리를 비우자, 숙소에는 영석, 이현우와 한민지 부부, 최영태, 이유리, 박정훈, 김서영, 강춘수 등의 사람들이 남았다.

"내일 붙는 상대가 페레로라며?"

숙소의 뷔페식 식당을 이용하는 저녁 식사.

테이블에 둘만 남고 모두 음식을 담으러 간 사이 이현우가 툭 하고 질문을 해왔다.

어련히 알아서 잘할까 싶었지만, 그럼에도 걱정이 되는 게 부모의 마음이었다.

영석은 멀쑥게 웃으며 답했다.

"맞아요. 클레이에서 유독 잘하는 선수라고 하네요."

"아직 안 붙어봤어?"

"어지간한 선수들이랑은 거의 다 대전해 본 거 같은데, 유독 이 선수하고는 아직 안 붙어봤네요."

후안 카를로스 페레로(Juan Carlos Ferrero).

현재 영석을 포함하여 항상 네 손가락에 꼽히는 강자다.

2002년 부산 아시안 게임을 마치고 왕중왕전이라 불리는 '투어 파이널'을 관람했던 기억이 난 영석이 피식 웃는다.

'그때는 휴이트한테 졌었지.'

아들이 웃는 걸 본 이현우는 가볍게 안도의 한숨을 쉬었다.

세계 최정상을 다투는 사람의 정신을 쉬이 재단할 수 없는 노릇이라, 별다른 조언을 하지 못해 아쉬움이 가득했던 차다. 그래도 부모 된 도리로, 무엇인가는 말해주고 싶었던 이현우가 조심스럽게 말한다.

"넘치지도 않고, 모자라지도 않게. 난 네게 바라는 건 이것뿐이다."

"…고마워요."

영석과 이현우가 훈훈한 분위기를 내며 식사를 하고 있는 도중, 한민지와 최영애가 접시에 가득 음식을 담아오더니 쾌활하게 묻는다.

"뭐야 뭐야, 나 빼고 무슨 얘기를 했길래 이렇게 분위기가 좋아?"

"아들이랑 오랜만에 진지한 얘기 좀 했지."

이현우가 능청을 부리자 한민지가 볼에 바람을 빵빵하게 넣는다.

나이가 들었어도, 여전히 귀엽게 노는 부모님을 보는 영석의 눈이 반달처럼 곱게 휜다.

"어디 아픈 데는 없지?"

최영애는 영석의 반대편에 앉아 걱정스러운 눈초리로 묻는다.

그 와중에도 전신을 빠르게 훑는 것을 보니, 의사는 의사였다.

"내일 두 번째 메이저 우승컵을 안겨 드릴게요."

영석은 동문서답처럼 느껴지는 대답을 했다.

'안심하고 내일 시합을 기대해 달라'는 의미다.

그 대답을 들은 최영애가 가슴팍을 움켜쥔다.

"천추의 한이다!! 내가… 내가 20년만 젊었어도……!!"

대번에 한민지가 도끼눈을 뜬다.

"뭐? 이게 부모를 앞에 두고 못 하는 말이 없어! 왜! 20년 젊었으면 내 아들 어쩌려고!"

"이게? 이이이게? 왜! 뭐! 상상도 못 하냐!"

"멘트가 좀 그랬다, 영애야."

30년 지기들은 아이들처럼 말다툼을 하기 시작했고, 이현우는 중간중간 얄밉게 간족거리면서 두 여자의 공분을 샀다.

어른들의 유쾌한(?) 다툼을 본 영석이 다시금 조용히 마음으로 읊조렸다.

'꼭! 우승할 겁니다. 나를 위해, 여러분을 위해.'

＊　　　　　＊　　　　　＊

2003년 6월 8일.

결승전의 날이 밝았다.

"…오!"

누가 흔들어 깨우지도 않았는데, 갑작스럽게 눈을 번쩍 뜬 영석이 일어나자마자 감탄을 한다.

휙—

핏줄을 타고 흐르는 잠기운을 일거에 털어낸 영석은 바로 일어나 이리저리 몸을 쭉쭉 찢어댔다.

'최곤데……?'

언제인지 기억이 나지 않을 정도로 까마득한 예전에는 매일매일이 이랬을까.

마치 아이의 몸처럼 피로의 잔여(殘餘)가 일체 없이, 에너지가 넘쳐흐르고 있었다.

턱—

큰 손바닥으로 자신의 머리 이곳저곳을 문질러 본 영석이 고개를 갸웃했다.

그런다고 자신의 정신 상태를 체크할 수 있는 건 아니지만, 일종의 요식행위다.

'정신도 최고조네.'

아마 그토록 염원하던 진희의 메이저 대회 우승을 눈앞에서 직접 본 덕이 클 것이다.

그것은, 영석 자신의 우승만큼, 아니, 자신의 우승보다 더 기쁜 일이었으니 말이다.

"훅, 훅……."

가볍게 몸을 푼 영석이 팔굽혀펴기, 윗몸일으키기 등의 맨손 운동을 한 차례씩 했다.

짧은 시간에 몰아쳐서 호흡이 흐트러질 정도다.

꾸득, 꾸드득.

"흐아아……."

온몸의 근육이란 근육은 모두 아우성을 치며 에너지를 뿜어 댔다.

넘쳐흐르다 못해, 외부로까지 영향을 끼칠 것만 같았다.

발가락을 굽히면 바닥을 파고들어 갈 것만 같다.

"준비 오케이."

그렇게 자신의 상태를 온몸으로 느낀 영석은 곧장 수첩에 자가 점검을 기록하기 시작했다.

무미건조하던 글자의 나열 속에 큰 별표 하나가 자리 잡는다.

―최고다.

끼익―

영석이 방문을 열고 밖을 나선 텅 빈 방 안.

활짝 열린 창문을 통해 바람과 햇살이 뿌옇게 스며들어 왔다.

*　　　　　*　　　　　*

쾅!!!

시합을 알리는 영석의 서브가 터졌다.

선수 소개, 연습 등……. 결승전이라는 무대에 걸맞은, 다양한 절차로 인해 다소 산만해질 수밖에 없었던 관중들의 정신줄에 벼락을 내리치는 듯한 강렬한 타구음이 코트를 순식간에 집중의 무대로 만든 것이다.

저릿저릿한 손맛을 느낀 영석이 내심 의아해했다.

'이건 좀 너무한데?'

쿵!!

섬전처럼 뻗어나간 공을, 페레로는 아무런 저항도 하지 못하고 보낼 수밖에 없었다.

영석이 전광판을 힐끗 바라봤다.

〈239.3km/h〉

뭔가 거대한 변화가 있을 거란 영석의 기대와는 달리, 숫자는 냉엄했다.

평소의 서브와 비교하자면, 유별날 정도로 지금의 서브가 특별하진 않다는 것이다.

'그래도 손맛이 기가 막히단 말이지……'

자신의 손을 기이하게 바라보는 영석의 뇌리로 아침의 일이 스쳐 갔다.

"어?"

가장 먼저 영석의 이상 상태(?)를 알아차린 것은 한민지나 이현우가 아닌, 진희였다.

자신의 일로 들떠 있어야 할, 이 사랑스러운 아가씨는 아침 일찍 일어나 영석의 상태를 보는 것을 소홀히 하지 않았던 것이다.

"으그극……."

진희가 손바닥으로 영석의 양 뺨을 마구 문지르자 영석이 기괴한 소리를 내며 가만히 손길을 받아들였다.

"음. 체온은 괜찮은데… 아니, 조금 높은가?"

영석의 온몸을 손으로 훑은 진희가 고개를 갸웃하자, 최영애가 득달같이 달려든다.

체온계나 청진기 등의 보다 전문적인(?) 장비들도 동원되었다.

"괜찮아."

5분여를 진찰한 최영애의 판단이 내려지자, 모두가 안도의 한숨을 내쉬었다.

"…이게 뭔 일이람."

졸지에 아침부터 봉변을 당한 영석은 추켜올렸던 상의를 다시 내리며 구시렁거렸다.

"기분은 어때?"

최영애가 진지하게 묻는다.

의사의 본분을 다하는 것이다.

"다시없을 정도로 상쾌해요."

영석이 할 수 있는 말은 그것뿐이었다.

"기능은?"

한 발자국 떨어져 있던 최영태가 넌지시 질문을 던졌다.

자신의 몸이 펼칠 수 있는 퍼포먼스를 선수로서 가늠해 보라는 뜻이다.

"무서울 정도인데요? 왜 이러지?"

주먹을 쥐었다 폈다 하는 단순한 동작에도, 거력이 꿈틀거린다.

까드득—

모두를 침묵에 젖게 하는 섬뜩한 소리가 허공을 맴돈다.

"저… 배고픈데, 우리 밥 안 먹어요?"

영석이 손을 들고 난처한 듯 웃으며 말했다.

"……!"

영석은 기묘한 시선을 느끼며 다시금 정신을 바짝 차렸다.

짧은 금발이 정돈이 안 된 듯, 여기저기로 뻗쳐 있었지만, 그 모양새가 자연스럽게 녹아드는 미남이 영석을 주시하고 있는 것이다.

"흠."

획— 획—

볼키즈가 저만치서 영석에게 공을 던져 준다.

공을 골라내는 한편, 네트 너머에 자리한 페레로를 흘깃 바라본다.

자신의 상태에 의문을 가지느라, 상대를 낱낱이 분석하는 단계를 잠시 잊고 있었다.

'호리호리하군.'

180㎝대 초반의 크지 않은 신장이지만, 작은 머리와 긴 팔다리 덕분에 실제보다 조금 더 커 보였다.

'어깨도 좋아.'

워낙 말라서 그렇지, 전체적인 비율을 따졌을 때, 어깨도 넓은 편이었다.

그리고 체격에 비해 월등한 운동 능력을 가졌다는 평가도 떠오른다.

―호리호리하지만 체력이 강하고 발이 빨라 '모스키토(mosquito)'라는 별명으로 불리기도 했다.

강춘수의 자료를 상기해 본 영석은 피식 웃음 지었다.

'하필 모기냐.'

2002년의 왕중왕전.

2003년의 프랑스 오픈.

기간은 비록 반년 정도밖에 차이가 안 났지만, 영석은 어느새 페레로를 눈앞에 두고도 여유를 가질 수 있는 위치가 되었다.

그리고 그 여유를 코트 위에서 실현시킬 능력과 담력이 있다고, 영석 스스로는 믿어 의심치 않았다.

*   *   *

3 : 3.

1세트 초반.

시합은 빠르게 진행되고 있었다.

쾅!!

쾅!!

영석의 서브 게임은 그야말로 전광석화 같았다.

서브 자체도 빠르거니와, 페레로의 리턴이 시원찮았기 때문에 빠르게 전개된 것이다.

'아냐, 저 선수가 어떤 선수인데……'

―체력이 좋고 발이 빠르다.

이런 평가는 아무에게나 붙이는 것이 아니다.

체력이 좋지 않고 발이 느린 선수가 드물기 때문이다.

그럼에도 페레로가 저런 평가를 받고 있다는 것은, 그가 그 영역에서 특별할 정도의 능력을 갖고 있다는 방증이다. 마치 누구나 잘하는 포핸드를 당당히 특기라고 내세울 정도의 '페르난도 곤잘레스'처럼 말이다.

'저 이름은 쉬운 이름이 아니지.'

전생을 똑똑히 기억하는 영석은 페레로를 쉬이 여기지 않았다.

메이저 대회 1회 우승이라는, 다소 빈약할 수 있는 커리어로도 자신의 이름을 만방에 떨칠 만큼 임팩트가 있었다는 것은 반드시 이유가 있는 법이다.

'그 1회 우승을 지금 내가 뺏을 거지만 말이지.'

쾅!!

그러나 오늘의 페레로는 그 빠른 발과 강철 같은 체력을 자랑할 기회를 아직까진 잡지 못하고 있었다.

쉭쿵!

공이 날아가는 과정이 거의 생략됐다고 여겨질 정도의 서브.

톱 플레이어인 페레로는 눈을 부릅뜨고 허리를 접어 팔을 뻗었다.

엄청난 서브였지만, 절정에 올라 있는 페레로의 기량은 이를 눈과 온몸으로 캐치할 수 있었다.

펑!!

둥실—

소리는 요란했다.

하지만 페레로의 라켓을 떠난 공은 네트를 넘어 서비스라인 근처에 맥없이 떨어졌고, 영석은 사뿐히 몸을 옮겨 그 공을 오픈 스페이스로 찔렀다.

쿵!

한 포인트에 걸린 시간은 불과 8초 남짓.

"……"

보이고 받아낼 수 있지만, 리턴을 공격적으로 전개하지는 못한 페레로의 안색이 분함으로 물든다.

'역시, 오늘 내 서브는 뭔가 달라.'

서브, 리턴, 빈 곳 찌르기.

서브, 리턴, 발리.

딱 3구로 끝나는 이 전략들은 강서버들이 선호하는 전략들이다.

그리고 클레이에서는 봉인되는 전략이기도 하고 말이다.

굴지의 톱 서버인 영석이라고 해서 예외는 아니었다.

'음…….'

오늘은 다르다.

여느 때와 속도는 비슷했지만, 유독 상대가 버거워하는 것이 잘 느껴졌다.

'영문은 모르겠지만, 페레로의 눈에 익기 전에 많이 벌어둬야지.'

이해할 수 없는 것은 끝까지 파고드는 게 영석의 성향이지만, 오늘만큼은 달랐다.

─좋은 게 좋은 거지.

어찌 보면 헐렁할 수도 있는 마음가짐.

그러나 빈틈을 크게 덮을 수 있을 정도의 무기가 있다면, 적극 활용해야 한다는 것이 영석의 판단이었다.

4 : 3.

영석의 서브 게임이 빠르게 끝났다.

서브 에이스 두 개에, '3구 전략'으로 얻은 포인트 두 개를 합쳐 러브 게임으로 서브 게임을 킵했다.

이제는 페레로의 서브 게임.

"……."

페레로는 감정 표현을 말로 하는 선수가 아니었다.

이글이글 불타는 눈빛이 의미하는 바는 단 하나, '절대 사수'였다.

자신의 서브 게임을 무슨 일이 있어도 지키겠다는 의지가 넘실거렸다.

'오냐.'

영석은 그 의지를 정면으로 받았다.

휘릭— 쾅!!!

듀스 코트에서 시작된 페레로의 이번 서브 게임 첫 서브가 통렬하게 터진다.

한 번의 호흡보다 짧은 시간 안에 들어오는 공은, 완벽하다고 표현할 수밖에 없는 와이드 코스로 들어온다. 공이 곡예처럼 바깥 라인 위를 거닐었다.

아웃인지 인인지 판별하기 어려운 그 서브를 맞이한 영석은, 아웃이든 인이든 쳐야겠다는 마음을 먹고 허리를 접는다.

"읍!"

쿵!

공이 찍혔다.

On the line이다.

그러나 영석의 시선은 라인에 있지 않았다. 공과 라켓이 만나는 그 지점을, 허리를 접은 상태에서도 꿋꿋이 바라봤다.

펑!!

소리가 요란했다.

그러나 공은 둥실— 떠서 네트를 힘없이 넘어가고 있었다.

방금 전, 자신의 서브 게임이 오버랩된 영석은 오픈 스페이스를 향해 무작정 달렸다.

펑!!

그러나 페레로는 침착하게 영석이 서 있던 곳, 듀스 코트를 향해 공을 보냈다.

"피프틴 러브(15 : 0)."

스코어가 선언되고, 영석은 몸을 추스르며 혀를 찼다.

'이 정도로 코스가 좋으면… 별수 없지.'

200㎞/h대의 평범한(?) 플랫 서브이지만, 예상하지 못한 코스로 들어오면 처리하기 버겁기는 영석도 마찬가지였다.

빠르게 아쉬움을 털어낸 영석이 애드 코트에 그대로 서서 다음 서브를 기다렸다.

퉁, 퉁…….

공을 느긋하게 바닥에 튕긴 페레로가 높이 토스를 한다.

휘릭—

꼬여 있던 몸이 풀리며 페레로의 어깨가 들썩이는 그 순간, 영석은 직감했다.

'센터! 이번에도 아슬아슬하다.'

우연일까.

연속 두 번의 서브는 모두 영석의 오른쪽을 겨냥했다.

왼손잡이인 영석으로서는, 백핸드로 처리하기 위해 양팔로 라켓을 다뤄야 하는 상황이 연출된 것이다. 포핸드와 달리, 몸을 틀어야 되는 동작이 추가되는 것 또한 페레로의 노림수다.

이것이 뜻하는 바는 간단하다.

시간을 버는 것. 조금이나마 영석을 불편하게 만들기 위함이다.

쿵!

공이 찍혔다.

이번에는 허리를 접을 정도로 급박하지는 않았다.

영석이 힐끗 공이 찍힌 곳을 봤다.

공의 1/5 부분만 라인에 찍혀 있고, 나머지 4/5는 나가 있다.

그래도 어찌 됐든 라인에 찍혔기 때문에 인이다.

'세밀하군.'

한 번은 운이어도, '연속' 두 번은 실력이다.

속도보다 세밀함을 무기로 내세운 페레로의 서브는, 꽤나 위협적이었다.

쾅!!

코스를 예상한 덕분에 다소 여유 있게 대처할 수 있었던 영석은 마음껏 팔을 휘둘렀다.

쉬익—

날아가는 공의 코스는 얕은 크로스.

듀스 코트 방향이다.

촤촤촤악!!

페레로가 자신의 진가를 발휘한다.

페더러처럼 우아하지도, 나달처럼 저돌적이지도 않고, 심지어는 엉성해 보였지만… 빨랐다.

획— 펑!!

몸통이 가늘어서일까.

엄청난 반경으로 몸을 틀며 회전력을 더한 페레로의 포핸드는 한눈에 봐도 묵직해 보였다.

쉬익—

공을 마주하는 영석의 눈이 침착하게 가라앉는다.

'안정적이군.'

폼이 호쾌하다 뿐이지, 공은 단단하고, 안정적이었다.

또한 세밀하기 그지없었다.

'간을 볼까?'

생각을 하면서 몸을 움직이니, 어느덧 공을 눈앞에 두었다.

"스읍―!"

공기를 적당히 머금고 호흡을 멈추자, 집중력이 꿈틀거린다.

"……."

공을 눈앞에 둔 영석의 머릿속에 페레로가 위치한 코트가 정확히 49개로 분할된 모습이 떠올랐다.

*　　　　*　　　　*

'백핸드로 보내자.'

49개의 번호판이 영석의 심상에 또렷이 맺힌다.

21번으로 공을 보내고자 마음먹고, 타점을 세팅한다. 정밀하고, 또 정밀한 작업이 순간적으로 이루어진다.

영석의 눈과 머릿속에서 페레로의 모습이 사라진다.

연습할 때처럼, 자신이 보내고자 하는 위치만 인식하는 것이다.

실로 소름 끼치는 집중력이 아닐 수 없다.

펑!!

계산된 타점, 정교한 스핀, 적당한 스피드… 이 모든 것을 의도대로 섞은 영석이 마침내 팔을 휘둘러 공을 보낸다.

촤촤촤악―

심상에서 사라졌던 페레로가 코트를 발로 긁어대며 자신의 존재감을 폭발시켰다.

스윽—

긴 다리로 굳건히 기둥을 세우고 몸통을 과격하게 회전시킨다.

쾅!!

그럼에도 여전히 공은 안정적이고, 단단했다.

'포핸드와 비슷하거나 좀 더 낫군.'

포핸드, 백핸드 둘 다 개성은 없지만, 개성이 없는 선수들 중엔 최고 수준에 달해 있었다.

그리고 대부분의 종목과 마찬가지로, '개성=강함'이라는 공식은 테니스계에선 없는 말이다.

'결국, 최고 수준이라는 거지.'

휘익—

자세가 무너지지 않는 경우, 네트 위를 넘어오는 공의 높이 또한 1세트 내내 정확한 위치를 점하고 있었다.

공격성이 짙을 때, 안정적으로 넘길 때, 톱스핀을 많이 걸어 넘길 때… 다양한 경우에 있어 한번 설정한 높이를 계속해서 지키고 있는 것이다.

—프로라면 당연한 거 아니야?

이런 생각을 할 수도 있지만, 상대가 무려 영석이었다.

영석의 공을 상대로 자신의 디폴트된 설정값을 지키는 것은 실로 지난한 일이다.

그리고 페레로는 영석의 갖은 수 싸움에 흔들리지 않고 자신의 테니스를 잘 펼치는 중이고 말이다.

쿵!

공이 날아와 찍힌다.

코스는 애드 코트, 베이스라인 근처다.

그 순간, 페레로가 있는 쪽만 분할되었던 '심상의 코트'가 영석의 머릿속에서 자연스럽게 넓어졌다.

그것은… 무척이나 생경한 감각이었다.

'12… 아니, 14인가?'

자신의 코트까지 분할된 모습은 처음 봤기 때문에 상당히 놀란 영석은 찰나의 혼란을 저편으로 밀어뒀다. 지금은, 자신이 구상해 놓은 전개를 그대로 밟아가는 것이 더 중요하다는 걸 알기 때문이다.

좌악—

공의 지근거리까지 도달한 영석이 재빠르게 타점을 조절하고 팔을 휘두른다.

'이번엔 28.'

퍼어엉!!

잔뜩 찌그러진 공이 라켓 면에서 한참을 머물다가 쏘아진다.

이번에도 많은 요소들을 정확히 계산해 균형을 맞춘, '정확한' 공이었다.

쉬익— 쿵.

한차례 튕긴 공을 기다리고 있는 것은, 섬뜩한 눈빛의 페레로가 휘두른 라켓이었다.

쾅!!

방금 전보다 더욱더 강하고 빠른 공.

그러면서도 정확성은 잃지 않은 공이 기세 좋게 날아온다.

쿵!!

밀어뒀던 혼란을 다시 끌고 온 영석은, 예외적으로 공이 찍힌 공에 시선을 얼마간 더 두었다.

코스는 영석이 그랬듯, 방금 전하고 비슷한 곳이다.

공이 찍힌 곳을 0.5초 정도를 봤을까.

머릿속에서 재빠르게 계산을 끝낸 영석은 이내 경악하고야 말았다.

'64분할이야!'

정확한 위치는 15.

'이 인간이 나랑 똑같은 짓을 하고 있구나'라는 생각을 한 건, 심상 속의 코트가 넓어졌을 때 퍼뜩 깨달을 수 있는, '예감'에 가까운 사실이었다.

그리고 두 번째 공을 마주하고 나서야 페레로가 어떤 짓을 하고 있는지 정확히 인식할 수 있었다.

'계산된 공을 정확히 보내는 건… 나보다 뛰어나.'

이제야 1세트에서 왜 한 차례도 브레이크를 하지 못했는지 알게 된 영석은, 빠르게 상대의 역량을 인정했다.

'숙련도가 달라.'

영석이 분할된 코트를 떠올리며 세밀함 위주로 천천히 경기를 풀어나갔던 시점은 이번 클레이 시즌을 맞이하면서다. 그 전에는 필요성을 못 느꼈기 때문이다.

보다 직접적으로 말하자면, 영석은 지금 플랜B를 고수하며 결승전까지 오른 것이다.

반면, 페레로는 지금 구사하는 전략이 그의 '전력'이고 말이다.

펑!!

공을 쏘아 보내면서 영석은 페레로를 직시했다.

지금 시합이 어떻게 굴러가고 있는지 깨달아서일까, 괜히 페레로의 눈빛이 여유롭게 느껴졌다.

*　　　　　　*　　　　　　*

1세트 스코어 6 : 5.

여전히 서로의 서브 게임을 브레이크하지 못한 채, 경기는 지켜보는 관중들이 느끼기엔 지루하게 흘러갔다. 손에 땀을 쥐는 장면도, 명치를 한 대 맞은 것 같은 폭발력 있는 공도 없기 때문이다. 혼을 빼놓는 영석의 서브도 계속해서 보다 보니 익숙해졌다.

익숙해진 건 관중들뿐 아니라, 페레로도 마찬가지였다.

아직은 여유 있게 자신의 서브 게임을 킵한 영석이지만, 서브 에이스의 수는 급속도로 줄어들고 있었다.

서브도 1세트 초반만큼 위력을 발휘하지 못하고 있는 상황.

2세트, 3세트에서도 서브 게임을 반드시 킵할 거라는 보장은 더 이상 존재하지 않았다.

"……."

"……."

외부의 지루하다는 듯한 시선과는 달리, 시합을 하고 있는 당사자인 두 선수는 자신의 온몸에 돋아난 솜털 하나하나까지 느낄 수 있을 정도로 긴장으로 가득 차 있었다.

'안 통해.'

피프틴 러브(15 : 0).

페레로의 서브 게임에서 다시금 정밀함 VS 정밀함으로 게임을 다퉈본 영석은 고개를 저었다.

조금 빠듯하지만, 49분할을 유지하며 공의 속도와 회전수를 늘려도 봤다.

하지만 페레로 또한 영석의 공을 끝끝내 64분할을 유지하며 받아냈다.

'다른 방법이 필요하다.'

국면에 전환을 일으키는 것.

그 방법을 강구하고 또 강구해야 한다는 것을 알게 된 영석은 슬며시 고개를 치켜드는 초조함을 느낄 수 있었다.

그리고… 그 초조함은 이내 희열이 되었다.

―강자.

지금 상대하고 있는 페레로는, 최소한 2003년인 현재에는 클레이에서 가장 뛰어난 선수일 것이다. 그러니 이 자리에 올라왔고, 그러니 영석이 쫓기는 듯한 기분이 드는 것이다.

'49분할을… 36분할로 줄여야겠어. 그래도 네가 64분할을 유지할 수 있다면… 25분할로 줄인다.'

상대를 파악하고 앞으로의 전개를 구상했다.

이제, 승부수를 던져야 할 때가 온 것이다.

―상황에 따라 자신을 변화시킬 수 있어야 한다.

이와 같이 지당한 명제는 가끔 비웃음을 사곤 한다.

─이미 높은 수준에 오른 프로에게 변화를 강요하는 것은 아마추어적인 발상이다!

많은 프로 선수들은 강점을 더 날카롭게 갈고닦는 것에 몰두한다.

'변화를 꾀할 수 있는 건 원래부터 수준이 낮았기 때문에 가능한 일이다'라는 말과 함께 말이다.

'그래도 할 수 있는 건 해야지.'

영석은 욕심이 많은 사람이다.

그에게는 '반쪽짜리 최강'이란 말이 용납되지 않는다.

─강하고 공격적인 스타일에서 정교하고 세밀한 스타일로.

장점이 봉쇄되는 클레이에서도 엄청난 리스크를 감수하고 플레이 스타일을 바꿀 만큼, 그는 향상심이 뛰어나다.

그리고 지금, 영석은 자신이 '학습'한 모든 것을 활용하려 한다.

휘릭─ 쾅!!!

기세가 오른 페레로는 서브의 위력까지도 높아진 것처럼 보였다.

보다 강하게 짓쳐 들고, 보다 세밀하게 코스를 노린다.

'신났군.'

정신적인 고양감이 퍼포먼스에 미치는 영향은, 몇 번을 겪어도 신기하기만 했다.

하지만 영석은 자신이 마음먹은 것을 그대로 실행하는 것에 몰두했다.

훅─

숨을 들이마시고, 몸을 한껏 꼰다.

땀방울이 속눈썹에 붙어 몸을 던질까 말까 애를 태우는 와중에도, 호흡에는 한 점 흐트러짐이 없었다.

휘릭―

센터로 오는 공을 맞이한 영석이 양손으로 바투 잡은 라켓을 위맹하게 휘두른다.

콰쾅!!!

지금까지의 모든 타구음 중, 가장 폭발적인 소리가 울려 퍼지자, 너 나 할 것 없이 코트에 머물고 있는 모든 이가 화들짝 놀란다.

쉬익― 틱!

공은 곧게, 아주 곧게 날아가고 있었다.

도중에 네트 끝을 살짝 스쳤지만, 아랑곳하지 않고 쏟아낸 힘을 온전히 담고 페레로를 향해 짓쳐 든다.

"……."

페레로는 갑자기 변화된 영석의 공을 맞이하고서도, 놀람을 겉으로 표현하지 않았다.

그저 조금 더 빨리, 조금 더 일찍 몸을 움직였을 뿐이다.

쾅!!

쉬익―

크로스로 보내온 페레로의 백핸드는 영석이 변화를 결심하기 전과 한 점 다름이 없었다.

'이 정도로도 안 흔들린다는 거지?'

이를 악문 영석은 발끝에서 피어오르기 시작하는 거력의 용틀임을 온몸에 고스란히 담았다.

사방으로 분별없이 뻗치고 있는 힘이 몸 안으로 들어오자, 내부를 거칠게 휘젓는 느낌이 들었다.

꾸드득—

신발 안에서 발가락이 강하게 꿈틀거린다.

그 힘이 위로 솟기 시작하며, 종아리에 퍼런 핏줄들이 울룩불룩 튕겨 오르게끔 만든다.

키리릭—

이런 힘의 이동은 영석의 머릿속에서 고스란히 인식이 되고 있었다.

"흐압!"

쉭!

마침내 날개 뼈 주변에 힘이 뭉치자, 영석은 망설임 없이 라켓을 휘둘렀다.

콰쾅!!

잠시 라켓에 머물던 공은 순식간에 네트를 넘어 방금 보냈던 그 자리에 그대로 꽂혔다.

힘을 실어 속도와 위력을 높인다면, 필연적으로 세밀함을 놓치게 된다.

그래서 영석은 방금 전과 똑같은 코스로 보낸 것이다.

연속으로 같은 곳에 보내면, 설정된 타점을 바탕으로 공을 보내는 것이 용이하기 때문이다.

쿵!!

'됐어.'

영석은 회심의 미소를 지으며 곧장 네트를 향해 뛰어갔다.

페레로가 여전히 침착한 눈으로 라켓을 휘두른다.

쾅!!

여전히 안정적인 느낌을 주는 스윙.

하지만 영석은 아랑곳하지 않았다.

연속으로 같은 곳에 재빠르게 후속타를 넣는 것에 깔린 의도는 타점을 이어간다는 것 한 가지만은 아니었다.

쉬익―

페레로가 친 공은 영석과 마찬가지로 코스가 똑같았다.

똑같은 코스, 빨라진 공.

갑작스러운 변화에 페레로가 보일 수 있는 최선은, 같은 품질의 공을 보내는 것이었다.

펑!!

몸을 앞으로 쏟으며 번쩍 든 라켓을 그대로 공에 대었다.

코스는 듀스 코트, 스트레이트다.

촤촤촤차악―

순식간에 양 선수의 발끝에서 흙먼지가 피어오른다.

영석이 네트로 뛰쳐나오는 것을 놓칠 페레로가 아니었고, 페레로는 부지불식간에 일어난 국면 전환에 잘 순응했다.

펑!!

발이 빠르다는 세간의 평가가 잘못되지 않았다는 듯, 페레로는 달려가는 힘을 그대로 살려 팔을 휘두른다.

코스는 물론, 스트레이트.

굉장히 수준 높은 러닝 포핸드가 터졌다.

"홉!!"

하지만 네트 앞에 나와 있는 영석은, 베이스라인 근처에서 서성이는 영석과는 종류가 다른 인간이다.

탓!

땅을 힘차게 박찬 영석이 라켓을 쥐고 있는 왼팔을 왼쪽으로 길게 뻗는다.

퉁!!

부드럽게 스트링에 감싸인 공이 폭신한 감촉을 느끼고는, 힘없이 네트를 넘어갔다.

툭, 툭……

"피프틴 올(15 : 15)."

심판의 선언이 들리자, 영석은 거칠어진 호흡을 정돈하고는 듀스 코트를 향해 걸어갔다.

'후……. 다행이군.'

결승전 들어 처음으로 시도한 발리.

'처음'이었기에 성공했다는 것을, 영석은 잘 알고 있었다.

한 번 당한 플레이를 머릿속에 명확히 저장해 둘 수 있어야 이 무대에 설 자격이 되기 때문이다.

'이제 흔들어야지.'

결국은 공격적인 플레이로 전환했다.

본래의 스타일로 회귀한 것이다.

그러나 '그것밖에 할 수 없다'와 '그것도 할 수 있다'는 천양지차다.

꺼내 들 수 있는 카드가 많다는 건 언제나 승부에서 유리함을 뜻하기 때문이다.

'바위를 깨야지.'

정교함과 공격성.

모든 선수가 꿈꾸고 있고, 실제로 톱 플레이어들은 높은 수준에서 이 두 가지를 혼용하지만, 영석이 지향하는 것은 그 이상의 영역이었다.

툭, 툭, 툭……

마음을 추스른 페레로가 공을 튕긴다.

거칠게 일어났던 들불 같은 마음이 조용히 침잠해 간다.

그러나 깊은 곳에 머물고 있는 투쟁심만큼은 여전히 타오르고 있었다.

조용하고, 은밀하게.

"후욱……"

긴 숨을 내쉰 영석이 왼손과 오른손을 번갈아가며 바지에 문질렀다.

'브레이크하자.'

자신이 있었다.

페레로의 굳건한 방패를 치워 버릴 수 있다는 자신감이.

＊   ＊   ＊

7 : 5.

6 : 5에서 위험을 부담하며 변화를 꾀한 영석은, 세 번의 듀스 끝에 브레이크에 성공하며 1세트를 자신의 것으로 가져오게 되었다.

'역시, 저 정도 수준의 선수가 상대면 쉽지만은 않구나.'

페레로는 변칙적인 영석의 플레이에도 금세 적응하며 매서운 공을 뿌려댔다.

한 구 한 구가 모두 차후의 전개를 충분히 고려한, 계산이 가득 깔린 공이었지만, 영석은 무자비하게 중간중간 흐름을 끊어댔다.

쾅!

돌진,

쾅!

또 돌진.

퉁—

혹은 폐부를 찌르는 듯한 드롭샷.

한 번 틀어쥔 주도권을 놓치지 않으려는, 영석 나름대로의 발악이 충분한 성공을 거두며, 1세트 후반부는 아슬아슬한 긴장감을 예고하며 끝이 났다.

쿠오오오오—

관중들의 열기가 소리 없는 소음이 되어 코트로 쏟아져 들어온다.

흥미를 가진 것만으로도 1만여 명이 내뿜는 기운은 확연하게 달라져 있었다.

그러나 영석의 관심은 오직 네트 너머의 한 존재에게 한정되어 있었다.

'색다른 재미가 있어……'

비록 온몸이 활활 타오를 것 같은 열기가 코트를 수놓는 건 아니었지만, 페레로 그 스스로가 하나의 거대한 난제(難題)로 자리 잡고 있음이 영석의 마음에 흥미를 일으키는 것이다.

'수학.'

페레로를 상대하는 마음은, 펜을 들고 연습장에 온갖 풀이 과정을 늘어놓는 마음과 똑같았다.

이 공식이 아니면 다른 공식을 써보고, 이도 아니면 두 개 다 써보는… '풀이'의 재미가 있었다.

'그것도 지금 그대로 있어야 한다는 전제가 있어야 하지만……'

이대로 물러날 페레로가 아니었다.

무려 메이저 대회의 결승.

운이든 실력이든, 뭐 하나 부족하면 절대로 올라오기 힘든 자리이니만큼, 페레로도 사활을 걸고 인생에 다시없을 이 찬스를 놓치지 않기 위한 몸부림을 칠 것이다.

영석이 한편으로 기대하는 것 또한 그것이다.

*   *   *

2세트.

페레로는 2세트가 시작되자마자, 역시나 변화를 꾀했다.

—예리한 컨트롤을 바탕으로 한, 와이드 랠리.

영석의 공격성을 봉함과 동시에, 주도권을 비교적 쉽게 가져올 수 있다는 판단하에 페레로는 1, 9, 17과 8, 16, 24의 위치에 공을 뿌렸다.

이 위치들은 양끝의 두 라인을 뜻한다.

그러나…….

펑!!!

촤촤촤촤촤악!!

그야말로 신명이 났다고밖에 할 수 없는 영석의 플레이에 페레로의 선택은 유효함을 잃고 말았다.

둘의 발은 호각.

차이가 있다면 영석의 리치가 더 길다는 것 하나였다.

그리고 그 하나의 차이가 명운을 갈랐다.

펑!!

테니스에서, 선택이 무엇이 되었든 공격을 시도한다는 것은 동시에 위험을 짊어지는 것을 뜻한다.

페레로는 자신의 선택이 그대로 거대한 칼날이 되어 몸을 꿰뚫기 위해 날아오는 것을 목전에 두고 있었다.

쉬익―

듀스 코트에서 방금 공을 처리한 영석은 애드 코트 끝으로 뻗어오는 공을 보며 이를 악물었다.

우드득―

탓, 타타타타탁!!

발가락에 잔뜩 힘을 준 영석이 바닥을 박차고 뛴다.

클레이 특유의 흙 긁는 소리가 나지 않는다.

눈길을 뛰어도 흔적을 남기지 않는다는 '답설무흔(踏雪無痕)'의 경지가 이럴까.

육중한 몸은 깃털처럼 가볍게 팔랑거린다.

"끄웅!"

꽈앙!!

영석이 드물게 신음을 내며 온몸을 길게 뻗어 공을 끌어당겨 친다.

코스는 짧고 깊은 각도의 크로스.

촤촤촤악―

종류는 다르지만, 영석과 비슷한 속도로 몸을 움직이는 페레로 또한 발군의 스피드를 자랑했다.

차아악―

오른 다리를 길게 뻗어 굳건히 토대를 마련한 페레로가 이번에도 몸통을 호쾌하게 돌린다.

쾅!

짧게 떨어진 공이라 스트레이트로 보내기보다, 영석이 서 있는 곳인, 크로스로 보낼 수밖에 없었던 페레로는 불에 덴 것처럼 재빠르게 베이스라인의 센터마크를 향해 뛰어갔다.

영석의 팔이 휘둘러지고 있는 시점이다.

쾅!!

쒜엑―

영석이 보낸 공이 꼬리를 남기며 쭉쭉 뻗어간다.

스트레이트를 예상했던 모두와 달리, 영석의 선택은 크로스.

툭, 툭…….

애써 베이스라인까지 갔었던 페레로는 자신이 머물던 곳에 정확히 떨어진 공을 허망하게 바라볼 수밖에 없었다.

"서티 러브(30 : 0)."

"후우······."

심판의 선언을 들은 영석이 땀을 닦아내며 안도의 한숨을 쉬었다.

방금 전의 랠리는, 그야말로 '한 끝 차이'였던 것이다.

'그 공을 당겨 치지 못했다면······.'

다리와 팔, 도합 15cm 정도의 길이에서 우위를 보이고 있기 때문에 가능했던 전개였다.

발이 지금보다 조금이라도 느렸거나, 키가 작았다면 페레로가 예상했듯, 스트레이트로 쳤을 확률이 높다. 그도 아니면 어중간한 똥볼을 날렸을 것이고.

어느 쪽이든, 둘 다 페레로의 예상에 있는 반응이었을 테고, 그렇게 되면 이번 포인트는 페레로의 주도권하에 흘러갔을 가능성이 컸다.

'빨리 방법을 찾아야 할 거야.'

계속 이런 식이라면, 영석의 우승은 정해진 거나 다름없었다.

지금 나타나는 종이 한 장의 차이는, 결코 쉬이 여겨질 '종이 한 장'이 아니다.

아예 방향을 바꾸지 않는 이상, 페레로에게 우승이란 요원한 일이 될 터다.

"······."

페레로의 침착했던 눈이, 이번에는 혼란스럽게만 보였다.

일체유심조(一切唯心造).

'모든 것은 마음먹기에 따라 다르게 비쳐지나 보군······.'

페레로의 발악은 2세트 내내 이어졌다.

―갖고 있는 무기를 모두 내놔봐.

영석의 까랑까랑한 무언의 외침에 기가 눌려 여러 무기로 대응해 본 것이다.

그것이 유일한 방도이기도 했지만 말이다.

쉭―

네트를 넘어오는 공을 바라본 영석은 나직이 감탄했다.

'꿋꿋하구나.'

같은 영역에서 플레이를 펼쳐본 경험이 있기 때문에, 페레로가 지금까지도 64분할을 유지하고 있다는 것을 단번에 알아챌 수 있었다.

촤촤악!

거센 흙 파도를 일으킨 영석이 강하게 땅을 짚고는 얼굴을 한껏 구기며 팔을 휘두른다.

퐈앙!!

마치 서브에서나 들릴 법한 타구음이 터진다.

쉐엑―

몸서리쳐질 만큼 빠른, 말로 표현할 수 없는 공이 쏘아진다.

코스는 예리한 맛이 떨어져 라인 안쪽으로 한참 들어간다.

'다행이야.'

영석은 오히려 안도의 한숨을 내쉬었다.

보내는 자신도 인과 아웃을 판단하기 어려울 만큼 공을 강하게 쳤기 때문이다.

선수 생활을 하면서, 이처럼 도박성 짙은 공을 보내리라고는 상상조차 하지 못했다.

"……!!"

이미 2세트 들어 이런 영석의 도박성 짙은 스트로크를 자주 맞이했던 페레로는 공에 따라붙는 것을 제1원칙으로 삼은 듯, 따라가서 팔을 휘둘렀다. 호쾌했던 폼이 나오질 않았다.

펑!!

'파스랑!' 하는 맑고 경쾌한 소리가 영석의 머릿속에 울려댔다.

'25분할…….'

페레로가 보낸 공은 지향점이 명확치 않았다.

25분할도 높게 쳐준 것이지, 지금 페레로는 보내고자 하는 곳 자체를 설정하지 못한 상태다.

툭—

쾅!

네트와 서비스라인 사이에 어설프게 떨어진 공을 쫓은 영석 이 가볍게 빈곳을 향해 공을 내리찍었다.

2세트가 끝이 났다.

6 : 4라는 기분 좋은 스코어로 끝을 낸 영석은 결승전의 무게 추가 자신에게 기울었음을 온몸으로 인지했다.

—치는 본인도 어디로 갈지 모른다.

두 선수 다 2세트 후반 내내 공통적으로 겪은 현상이다.

다른 점이 있다면, 영석은 공격을 한다는 것이고, 페레로는 받아내는 게 한계라는 것이다.

'이 정도로 인이 잘되다니⋯⋯.'

벤치에 앉아 홀러덩 옷을 벗은 영석이 챙겨 온 수건으로 구석구석 땀을 닦아내며 생각에 빠졌다.

—70%.

영석의 도박성 짙은 공의 인(in) 확률이었다.

이 정도로 원하는 대로 들어간다는 것은 사실상 말이 되지 않았다.

한계 이상의 힘을 끌어올려 팔을 휘둘러 대는데, 그게 어찌 인이 된단 말인가.

그게 가능한 선수가 있다면, 문자 그대로 무적(無敵)일 것이다.

'흐음⋯⋯.'

—코트를 잘게 분할하여 높은 정확도로 세밀하게 공을 보내는 스타일.

클레이 시즌 내내 자신이 해왔던 일이 지금에 와서야 이렇게 도움이 된다는 걸, 영석은 지금 이 순간 알아채지 못했다.

'그리고⋯ 이상하게 몸이 안 아파.'

뛸 때는 깃털처럼, 칠 때는 바위처럼.

뛰는 것도, 치는 것도 모두 영석 본인이 인지하고 있는 능력의 한계선 근처를 서성이는 영역에서 이루어지고 있었다.

그럼에도 찌뿌둥하기는커녕, 아직도 에너지가 넘쳤다.

'이건 아침에 느꼈던⋯⋯.'

이상할 정도로 잔여 피로가 없었던 오늘 아침.

그 쾌청한 컨디션이 영석의 몸을 지금까지 잘 지탱하고 있었다.

슥―

3세트가 시작되었다는 신호와 함께 영석은 몸을 일으켰다.

그새 갈아입은 옷이 괜히 뽀송하게 느껴졌다.

*   *   *

3세트.

2 : 0.

수세에 몰리면서도 꿋꿋하게 잘 버텼던 페레로는 초반에 나온, 단 한 번의 브레이크를 기점으로 페이스를 잃고 말았다.

지금까지 꿋꿋하게 버텨온 만큼, 조금의 균열은 이윽고 통제 못 할 거대한 해일이 됐을 터였다. 그것은 페레로의 눈에서 분노가 쏟아져 나오는 모습만 봐도 알 수 있다.

'본인은 그렇게 생각하고 있지 않겠지만.'

아마도 끊임없이 스스로에게 '침착해!'라며 명령을 하고 있을 것이다. 아니면, '난 침착해'라고 세뇌를 하고 있을 수도 있다.

그것이 과중하면 오히려 긴장하고 있다는 것을 방증하는 것이지만, 언제나 그렇듯 선수 본인은 스스로의 상태를 경기 도중에 알아챌 도리가 없다.

쾅!!

그런 혼란스러움이 가득 담긴 공이 영석에게 뻗쳐온다.

'좋아. 이거지!'

거칠고 흉포한 기세가 저릿저릿하게 전해져 오자, 영석은 다소 뒤틀린 미소를 지었다.

붉은 기운이 거의 돌지 않는 입술 사이로 흰 이가 강하게 맞물리는 것이 보인다.

꾸득!

혈기(血氣)가 울컥 흘러넘치며 눈에 핏발이 서기 시작했다.

이성과 야성.

양 극단을 오가는 과정에서의 쾌락이야말로, 영석이 가장 좋아하는 것.

쾅!!

난타전(亂打戰)의 시작을 알리는 축포가 라켓에서 피어났다.

2 : 0에서 시작된 난타전은 관객들을 서서히 미치게 만들었다.

그 수준으로 보자면, 1, 2세트에 비할 바 없이 형편없었지만, 양 선수가 미친 듯이 몸을 움직이는 모습에서 희열을 느낀 것이다.

그리고……

뚝.

코트를 감돌던 열기가 한순간에 끊겼다.

온몸의 솜털 위를 노닐던 전율도 어느 순간 자취를 감췄다.

촤악—

머릿속에 찬물이 가득 들어찼다.

이성.

그것이 벌건 기운을 밀어내며 영석의 몸과 마음, 그리고 외부의 모든 것까지 흰색으로 물들여 버렸다.

다시금 극단으로 치달아 버린 것이다. 용암이 펄펄 끓어오르는 세계에서, 차가운 빙하의 세계로.

둑둑둑둑둑둑, 두근!!

그제야 자신의 심장 박동을 느낀 영석이 힐끗 스코어를 바라봤다.

경주마처럼 내달리던 심박이 조금씩 기세를 늦춘다.

'흠.'

5 : 3.

아니나 다를까.

벌써 매치 포인트가 목전이다.

천지 분간하지 못하고 뛰어다닌 지 30여 분. 벌써 3세트도 끝을 앞두고 있는 것이다.

스윽―

흥분으로 미쳐 날뛰던 몸에 차분함이 내려앉는다.

영석의 시선이 자연스럽게 관중석으로 향한다.

'그러고 보니, 한 번을 안 쳐다봤구나.'

영석 본인은 썩 무덤덤하게 이 결승전을 치르는 편이지만, 지인들은 다를 터다.

"……."

단번에 일행들을 찾아냈다.

이현우와 한민지, 최영애는 입을 막고 서로 끊임없이 조잘대고 있었다.

얼굴은 안달 난 아이처럼 상기되어 있었다.

붉기도, 하얗기도 한 안색이다.

이기고 있는 선수 본인은 이처럼 침착한데 말이다.

'하하……'

마치 자신의 일인 것처럼 구는 지인들을 본 영석이 웃었다.

그리고… 누구보다 초조해하고 있는 진희가 눈에 밟혔다.

'……??'

고개를 갸웃한 영석은 그대로 진희를 몇 초간 바라봤다.

항상 담담한 편이었던 진희가 보이는 지금의 모습이 이질적으로 느껴졌기 때문이다.

툭, 툭, 툭…….

'끝나면 물어봐야지.'

서브를 준비하는 페레로의 동작이 시작되자, 영석의 의식은 다시 코트로 가득 찼다.

매치 포인트이자, 챔피언십 포인트를 앞둔, 아주 특별한 상황.

하지만 등을 타고 올라와 귀 뒤를 사정없이 두들겨 대던 심장 박동이 오히려 얌전해진다.

영석의 많고 많은 장점 중 가장 빛나는 것은, 이와 같은 상황에서 침착함을 보일 수 있는 자질일 수도 있다.

그것이 비록 선천적인 것이 아닌, 후천적인 자질이라 해도 말이다.

쾅!!

페레로의 서브가 터졌다.

속도와 코스는 여전히 날카로웠지만, 승부욕을 잃었다는 것이 잘 느껴지는 공이다.

'마지막!'

눈을 빛낸 영석이 다시 온몸에 힘을 불어넣는다.

투콰앙!!!

양손으로 휘두른 라켓이 허공을 가로로 자르며 지나갔고, 공 또한 가로로 찌그러지며 날아갔다.

오픈 스페이스로 파고드는 공을, 페레로는 받지 '않'았다.

"게임 셋 매치 원 바이⋯⋯."

쿠오오오오오―

메이저 대회 통산 두 번째 우승, 그리고 첫 번째 프랑스 오픈 우승을 달성한 순간⋯ 쏟아지는 박수와 환호가 산사태처럼 영석의 몸으로 밀려 들어왔다.

"⋯⋯."

양손을 번쩍 치켜든 영석은 당당하고 담담하게 그 기운을 자신의 몸에 담았다.

2003년 프랑스 오픈(롤랑가로스) 결승전은 그렇게 영석의 승리로 끝을 맺었다.

Chapter 73
해방(解放), 그리고 폭발(爆發)

"다행이야!"

선명한 목소리로, 진희는 한마디를 남기고는 펑펑 울었다.

그 한마디를 남기기 위해 얼마나 감정을 억누르고 있었는지, 터져 나온 울음이 커다랗게 퍼졌다.

"어… 진희야?"

"흐에어어어……."

영석이 당황해서 진희를 불러봤지만, 진희는 의미 불명의 말을 하며 영석의 가슴팍에 얼굴을 묻고는 눈물 콧물을 쏟아내고 있었다. 울고 있음에도 더할 수 없는 기쁨이 느껴졌다.

"크하~! 살아생전에 이런 감격을 느껴보다니."

박정훈이 영석의 등을 팡팡 치며 너스레를 떨었다.

그제야 부모님과 지인들이 영석에게 몰려들어 축하를 전했다.

"축하해~!!"

"잘했다!"

고작 몇 명이 쏟아내는 축하는, 1만 명이 넘는 관중의 축하보다도 더욱 무겁고, 진하게 다가왔다.

"……."

덜컥— 하고 몸에서 힘이 쭉 빠져나가기 시작했다.

아침부터 이어진 쾌조의 컨디션이 신기루처럼 사라진 것이다.

영석이 풀썩 웃는다.

몸에서 수분이 싹 날아간 상태라, 안면에 자리 잡은 주름이 선명하게 보이는 미소다.

"고맙습니다."

영석이 그 순간 할 수 있는 말은, 단순하지만 가장 함축적인 말이었다.

* * *

영 : 사실 이번 롤랑가로스는 호주 오픈 때보다 대전운이 좋았습니다.

저와 비슷한 랭킹을 가진 선수 중에 세미까지 살아남은 선수는 페레로, 단 한 명뿐이었거든요. 그로 인해 비교적 체력 관리가 잘되면서 결승전을 부담 없이 치를 수 있었습니다.

Q : 나달을 이기고 기권을 했기 때문에, 결론적으로 이번 클레이 시즌도 무패입니다. 12개월 중 5개월을 무패로 보내고 있는데, 이로 인한 부담감은 없습니까?

영 : 아, 무패……. 언제든 납득할 수 있는 패배를 염두에 두고는 있습니다. 패배를 모르는 것만큼 위험한 건 없다고 생각하거든요. 그 고비가 이번 클레이 시즌이었는데, 어떻게 잘 넘긴 것 같습니다.

Q : 벌써 메이저 대회 네 개 중 두 개를 석권하셨습니다. 소감이 어떻습니까? 항간에서는 '캘린더 그랜드슬램(한 시즌 안에 네 개의 메이저 대회 모두를 석권하는 것)'을 기대하기도 하는데요.

영 : 캘린더요? 아직 너무 먼 얘기라 딱히 생각해 본 적은 없습니다.

지금까지 그래왔듯, 하나하나에 최선을 다해 결과를 내는 것에 집중하는 게 선수로서의 제 소양이라고 생각합니다.

다만, 윔블던은 저 같은 유형의 선수에게 아주 맞춤한 환경이라고 생각합니다. 자신감을 갖고 임할 수 있겠다는 생각은 합니다.

Q : 하하. 고맙습니다, 제가 원하는 대답을 해주셔서.

아 참, 진희 선수. 영석 선수가 우승을 하고 펑펑 우셨는데, 이유를 물어도 될까요?

진 : 동반 우승을 해서 기뻤습니다. 호주 오픈 때는 제가 우승을 못 해서 아쉬웠거든요…….

Q : 아, 그런 의미였군요. 그래서 본인의 우승 때보다 더 기뻐하셨던 거군요. 아 참, 두 분에게 공통적으로 드리고 싶은 부탁이 있습니다.

두 분 다 곧 랭킹 포인트가 합산되는 시점에 세계 랭킹 1위를 차지하는 것은 특별한 일이 없으면 기정사실화되어 있는데요,

세계 랭킹 1위… 저는 듣기만 해도 설레는데, 두 분은 어떨 거 같습니까. 한마디씩 부탁드립니다.

영 : 랭킹 포인트에서 설마 싶었습니다.

사실 세계 랭킹은 워낙 변동이 심해서 별로 비중을 두고 있지 않았습니다.

다만, 할 수 있다면 오랫동안 그 자리를 지켜서 '1위=이영석'이라는 연산이 자동으로 이뤄지게 만들고 싶습니다.

진 : 저는 기분 좋을 것 같아요. 세계의 모든 여자 중에 내가 가장 테니스를 잘한다는 소리잖아요. 최고라는 자부심을 가질 수 있는 또 다른 지표가 될 것 같아서 기대돼요.

Q: 네, 두 분 말씀 잘 들었습니다. 피곤하실 텐데 성실히 인터뷰에 응해주셔서 감사합니다.

진: 공짜 아네요~! 밥 사줘요, 밥밥!

선수들이 세상모르고 자고 있을 그 시각, 박정훈은 인터뷰를 정리하고 있었다.

영석과 진희는 늘 두 번의 인터뷰를 한다.

하나는 〈테니스코리아 매거진〉용의 인터뷰, 다른 하나는 '그 외 나머지 언론'용 인터뷰다.

물론 친밀도 자체가 다르기 때문에, 〈테니스코리아 매거진〉의 인터뷰가 훨씬 인간적이고 재미있는 경우가 많다. 그래서 박정훈도 요즘엔 조금씩 가볍고 유쾌하게 내용을 싣고 있었다.

'고마운 일이지.'

세계 그 어느 언론도 담아내지 못하는 내용을 유유자적하게 담아내서일까.

〈테니스코리아 매거진〉은 기록적인 판매 부수를 거듭하더니, 잡지 부문 판매량 1위에 오르기까지 했다. 사람들은 존재조차 몰랐던 〈테니스코리아 매거진〉이 어느덧 유력한 잡지가 된 것이다. 잡지 하나로 끝내기엔 지금까지의 성장이 너무나 아까울 정도.

여러 가지 사업 플랜이 쏟아져 나오고 있는 실정이다.

그렇지만 영석과 진희는 언제나 아이들이었던 그 시절처럼 박정훈을 대했다.

한국과 자신들의 소통구로서 박정훈을 택한 것이다. 그리고 꿋꿋하게 신뢰를 이어갔다.

"보답해야지."

박정훈은 조용히 중얼거렸다.

기자로서 그거 보은할 수 있는 길은 간단하면서도 어렵다.

바로 영석과 진희라는 프로 스포츠 선수의 이미지를 만드는 것이다.

그것도 아주 호감 있게 말이다.

타, 타탁, 탁!

키보드 위를 유영하는 박정훈의 손놀림이 유려했다.

몇 번이고 겪은 일이지만, 테니스 선수는 의식의 전환이 빨라야 한다.

아직도 수많은 대회들이 기다리고 있기 때문이다. 메이저 대회 우승이라는 위대한 업적도, 예외는 없었다.

특히나 영석이와 진희에겐 말이다.

"조금 더 쉬면서 여기저기 놀러도 다니고 그래야 하는데……."

공항.

한국으로 돌아가는 일행을 배웅하는 자리에서 한민지가 아쉽다는 듯 중얼거렸다.

"물 들어올 때 노 저어야죠."

영석이 싱그럽게 웃으며 답했다.

이현우는 기특하다는 듯 아들을 바라보며 고개를 끄덕였지만, 당부의 말을 전하기도 했다.

"기름칠이 없는 기계는 제대로 작동하지 않아. 정신적으로든, 육체적으로든 기름칠을 잘하면서 선수 생활 해야 한다."

"물론이죠. 넘치지도 않게, 모자라지도 않게."

이현우가 며칠 전에 해줬던 말을 인용한 영석이 빙긋 웃으며 부모님과 최영애를 한 번씩 안았다.

"조심히 들어가세요."

"그래, 곧 또 보자구나."

한민지가 의미심장한 말을 남긴다.

메이저 대회 결승에 진출하면 부모님과 최영애는 열일 마다하고 보러 온다.

저 말은 곧, '윔블던 결승에서 보자'는 것과 의미가 같다.

영석은 자신감 있는 미소로 답했다.

1월의 호주 오픈, 5월의 롤랑가로스, 6월의 윔블던, 8월의 US 오픈.

'장난 아니군.'

결승전을 6월 8일에 치르고, 현재 6월 10일.

6월 23일에 열리는 윔블던까지는 고작 2주밖에 남지 않았다.

2주 동안 열리는 대회 또한 네 개뿐이다.

그중 두 개는 6월 9일에 열리고, 두 개는 6월 16일에 열린다.

실질적으로 선수는 두 개의 대회에 참가할 수 있는 것이다.

12개월을 정확하게 3개월씩 4등분으로 나누지 않는 이유에 대해서는 여러 말들이 있지만, 윔블던의 경우에는 이유가 명확해 보인다. 바로, 잔디 코트를 보유하고 있는 주최지가 없다는 것을 뜻한다.

얼마나 열악한지, 심지어는 마스터스 시리즈조차 존재하지 않는다. 하드 코트나 클레이에서는 넘치고 넘치는데 말이다. 그만큼 잔디라는 재질은 세인들에게 흥미를 불러일으키지 못하고 있는 게 현실이다.

하지만 잔디를 사용하는 윔블던은 거의 테니스를 상징하는 것으로 받아들여지고 있다.

이율배반적인 일이 아닐 수 없다.

'우승자는 어떡하라고……'

하루도 제대로 못 쉬고 바로 참가할 수 없는 노릇. 영석의 경우에는 6월 16일에 열리는 대회에 출장하는 수밖에 없었다. 윔블던이라는, 또 하나의 빅 이벤트를 앞두고 잔디 코트에서는 단하나의 대회밖에 출장할 수 없는 것이다.

"힘드시겠지만, 오늘 이동을 끝내시고 컨디션을 관리해야 할 것 같습니다."

강춘수가 조심스럽게 영석에게 권한다.

"힘들긴요. 아 참, 이번엔 진희랑 같이 시합할 수 있죠?"

"물론입니다. 일정까지 완전히 같습니다."

강춘수가 비로소 활짝 웃는다.

영석의 한결같은 모습 때문이다.

"뭐 해, 빨리 가자!"

진희가 두 남자의 등을 한 번씩 툭 친다.

윔블던까지 13일.

일정은 빠듯하기 그지없었다.

스헤르토헨보스(s—Hertogenbosch).

네덜란드 남부 지방인 이곳은 '세인트 얀 성당'으로 유명한, 네덜란드 고유의 특징이 가득한 장소다.

"예쁜데 우울하네."

전체적으로 회색빛 구름이 넓게 깔려 있는 이 도시는, 고층 건물이 그리 많지 않아 하늘과 대지가 무척이나 가까운 것 같은 느낌을 준다.

세상이 넓어 보이는 느낌이 들어 가슴을 탁 트이게 하지만, 아무래도 기후가 좋지 않아 축축하고 정적인 분위기를 풍긴다.

좋게 말하면 고풍스럽지만, 나쁘게 말하면 침울하다. 진희의 표현이 정확한 것이다.

"뭐, 코트는 어딜 가도 똑같으니까."

영석은 진희의 어깨를 감싸며 걸음을 옮겼다.

그렇게 둘은 메이저 대회 우승을, 마치 '어제 저녁 식사는 뭐였지?'라는 느낌으로 남겨두고 똑바로 앞을 바라보았다.

*　　　　　*　　　　　*

슥―

밟는 촉감부터가 다르다.

뭔가 뭉쳐 있는 것을 밟는 것 같아 꺼림칙하기도 하지만, 발바닥을 밀어 올리는 반탄력은 썩 기분이 좋았다. 그러면서도 폭신폭신한 느낌이 발목까지 차오르는 것 같았다.

'미끄러지진 않겠군.'

여기저기를 바라본 영석이 나직이 감탄한다.

'훌륭해!'

윔블던과 어깨를 견줄 수 있다는 자부심의 아카데미와 비교할 수는 없지만, 이 정도만 해도 훌륭한 편이다.

툭, 툭.

가볍게 제자리에서 몇 차례 뛰어봤다.

'컨디션이 썩 좋진 않지만… 시합에는 지장이 없어.'

우득, 우드득.

천천히 몸을 풀자 소리가 터져 나가며 숨어 있던 피로들이 빼꼼 고개를 내민다.

일상적인 피로감이라 영석은 가볍게 무시를 하며 뒤늦게 상대의 얼굴을 확인했다.

'모르는 사람이네.'

이름까지도 심하게 낯설었다.

해방(解放), 그리고 폭발(爆發)　151

아니나 다를까, 1번 시드인 영석을 상대하는 것이 두려운지, 상대 선수의 얼굴이 파리하게 물들어 있었다.

쾅!!

어느 때와 같은 서브를, 이번에도 어김없이 성공시켰다.

단지 그뿐이었다.

그러나 영석은 참지 못하고 실소를 터뜨렸다.

앞으로 돌진하려던 몸을 제동하느라 허벅지의 큰 근육들이 역동적으로 꿈틀거린다.

"파하!"

코트에 바운드되자마자 쭉쭉 낮게 깔리는 영석의 서브는, 그야말로 악마적이었다.

상대는 제대로 반응하지도 못하고 자신의 옆을 지나가 버리는 공을 망연하게 바라볼 뿐이었던 것이다.

상대하는 선수의 리턴 능력을 운운할 것이 아니다.

자신이 날린 서브가 어느 정도의 위력을 발휘하는지는, 영석 스스로가 소름 끼치도록 잘 인식했다.

'이렇게 다르다니…….'

클레이에서의 무거웠던 고민들은 이 순간, 머리카락 한 올 남기지 못하고 말소됐다.

처음부터 존재했던 것인지조차 의심스러울 정도로 홀연히 사라진 것이다.

그리고 그 자리를 채운 것은, 서글플 정도의 통쾌함.

하나의 행동에 상반된 두 가지의 마음을 겪는 영석의 마음은,

지금 이 순간 지극히 냉소적이었다.

'이 정도로 걷어질 고민이었나? 아니, 고민은 해결된 것인가?'

고작 서브 하나.

그러나 그 서브는 영석의 마음을 크게 뒤흔들었다.

'행복하네.'

영석은 앙금처럼 남아 있는, 아픈 고민의 흔적을 뒤로 살며시 밀어두었다.

지금은, 즐길 때였다.

'다 쓸어버려 주마.'

차디차게 빛나는 눈이 섬뜩하게 빛을 발했다.

＊　　　　＊　　　　＊

까득, 끼익—

굵은 철근을 몇 번이고 꼰다고 한들, 영석의 거대한 어깨만큼 굳건함을 보여줄 수 있을까.

분명 사람의 몸이지만, 그 이상의 거대함을 느끼게끔 만드는 영석의 근육이 신이 난 듯, 울끈 불끈거린다. 회전하는 몸통을 타고 올라온 힘이 어깨에 실린 것을 상상하는 것만으로도 아찔할 정도다.

휘릭— 콰아아앙!!!

공이 터질 거라 생각될 정도의 서브가 맹렬하게 꽂힌다.

쿵—

크나큰 충격이 있을 거라는 예상과는 달리 공은 순식간에 베이스라인을 훌쩍 넘어 벽으로까지 튕겨갔다.

라켓에 공이 맞고, 서비스라인 안쪽으로 공이 떨어지는 사이의 과정이 생략된 것처럼 느껴지는 서브다.

"서티 러브(30 : 0)."

심판의 선언과 함께 영석은 자신의 서브 에이스 개수에 한 회를 더 추가했다.

'서른 개.'

2세트가 한창인 지금, 상대 선수의 표정은 짜증으로 가득했다.

그러거나 말거나 영석은 충실한 해방감을 느끼고 있었다.

'이제야 내 테니스를 하는 것 같은 기분이야.'

하드 코트, 클레이 코트에서도 좋은 성과를 낼 수 있었지만, 늘 자신의 몸이 제약을 받는 것처럼 느꼈었다. 특히 클레이에서는 말도 못 할 고통을 느끼며 정신적인 혹사에 직면하기도 했고 말이다.

하지만 잔디는 달랐다.

모든 것이 자신을 위해 존재하는 것 같은 전능감(全能感)이 온몸을 휘돌고 있었다.

압도(壓倒).

영석의 서브는 그야말로 무적(無敵)이었다.

하드 코트에서도 무섭도록 위력적이었지만, 잔디에서는 차원이 달랐던 것이다.

바운드 이후 더욱더 속도가 붙으며 쭉쭉 미끄러지니, 상대로서는 손쓸 도리가 없었다.

거기에 빠르면서도 무서울 정도로 정교하니, 랠리 자체가 이뤄지지 않는다. 상대도 프로인 만큼, 서브 게임에서의 모든 서브를 에이스로 꽂을 수는 없는 노릇이지만, 상대가 어떻게든 받아내도 툭툭 네트 앞까지 뛰어가서 발리를 대면 그 포인트는 영석이 따냈다.

간혹 패싱을 노리는 노련한 선수들이 있었지만, 자신의 능력에 도취되어 있는 영석은 결코 뚫을 수 없는 벽이 되어 패싱샷들을 모조리 커트해 냈다.

결국, 네덜란드에서 열린 이 대회에서 영석과 붙었던 본선 진출자들은 영석의 서브 하나를 넘어서지 못하고 줄줄이 탈락하고 말았다.

마치 아마추어와 프로의 시합으로 여겨질 정도.

영석은 가히 절대자로서의 위엄을 뿜어내고 있었다.

그러나 영석이 우세를 점할수록 코트는 침묵을 길게 가져갔다.

선수는 무기력함에 지쳐 경기가 빨리 끝나기를 바라고 있을 뿐이었다.

심지어는 관중들조차 그다지 즐거워하지 않았다. 간헐적으로 보내는 박수와 환호에는 의례적인 느낌이 포함된 것 같을 정도다. 랠리가 길게 이어지지 않으니 재미가 없는 것이다.

누가 봐도 아뜩한, 절대적인 영석의 서브조차도 한 경기 만에 질려 버리고 마는 것.

서브를 날리고 네트 앞에서 보이는 완벽할 정도의 기교가 발휘된 발리 또한 재미없기는 매한가지다.

너무 대단한 것도 자주 보면 질리는 것인지, 1번 시드인 영석의 시합임에도 세미파이널에서는 관중들이 절반밖에 들어차지 않았었다.

길게 이어지는 랠리 끝에 감탄이 나오는 그라운드 스트로크 하나로 승부가 갈리는, 그런 것이 환영받는 것이다.

그게 잔디와 클레이의 명운을 가르게 되는 잣대였고, 현주소였다.

"……."

단, 지금 네트 너머에서 영석을 죽일 듯이 바라보고 있는, 이번 대회 결승전 상대인 셍 샬켄(Sjeng Schalken)은 예외였다. 그 또한 만만찮은 거포이기 때문이다. 즉, 잔디의 축복 아래 지금까지 올라온 선수라는 것이다.

그야말로 흑백 세상 속, 유일한 컬러를 갖고 있는 이다.

'이번이 세 번째인가?'

자주 이름을 듣다 못해 직접 붙기도 여러 번인 이 선수.

'확실히 재능이 있어.'

190㎝를 훌쩍 넘는 키를 살린 폭발적인 서브는 물론이고, 키 큰 선수가 약할 수 있는 스트로크에서, 그는 오히려 안정적인 모습을 보여주기까지 한다.

그중 원 핸드 백핸드는 무서울 정도.

클레이에서도 완성도 높은 테니스를 보였던 이 선수는, 잔디에 오자 펄펄 날아다녔다.

쟁쟁한 선수들을 제치고 세계 랭킹 1위가 확실시되고 있는 영석과 결승전에서 붙는 걸 보면 알 수 있다.

'톱이냐 하면 그건 아니지만.'

영석이 싸늘하게 냉소를 피워 올리며 고개를 저었다.

샬켄의 능력은 대단하다. 하지만 모든 부분에서 영석은, 스스로가 앞서고 있다는 것을 너무나도 잘 인식하고 있다.

어느 한 부분도, 뒤처지는 것이 없다.

쾅!!!

미끄러지는 듯한 영석의 서브가 다시금 폭발했다.

펑!!

영석이 공을 맞히기도 전에 라켓을 뒤로 빼고 있던 샬켄이 허리를 접고 팔을 냅다 휘두른다. 네트를 넘어온 공에 라켓을 맞히는 걸 성공시킨 것이다.

순전히 운이었지만, 운이 아니기도 했다. 그만큼 영석의 서브에 많이 당했기 때문에, 코스를 대략적으로나마 유추할 수 있었던 것이다.

쉬익— 쉬릭—

빠르게 날아온 공은 미묘한 회전을 품고 있었다.

작정하고 의도를 담기보다, 그저 휘둘렀을 뿐이니 품고 있는 회전이 일정하지 않은 것이다.

퉁—

파랗게 돋아 있는 잔디 사이로 한차례 파묻힌 공이, 낮게 깔리며 길게 뻗어나간다.

영석의 미간이 대번에 주름을 잡으며 구겨진다.

'이런 게 귀찮단 말이지.'

잔디 코트는 클레이 코트와 정반대의 속성을 지닌다.

탄력이 적어 공이 잘 안 튀는 것은 물론이고, 빙판길이라고 생

해방(解放), 그리고 폭발(爆發) 157

각될 정도로 공이 낮게 깔린다.

톱스핀이 크게 뻥튀기되는 클레이와는 달리, 잔디에서는 역스핀이 엄청난 효율을 보이기도 한다. 백핸드 슬라이스를 특기로 삼는 선수가 슬라이스로 공을 처리하면, 과장 좀 보태서 땅에 붙은 상태로 쭉 뻗어나간다는 느낌까지 들 정도다.

"……."

발목에서 정강이 사이의 높이로 튀어 올랐을 뿐인, 이번 샬켄의 공을 대처하려면 195㎝가량의 영석은 그야말로 난처한 상황에 처하는 것이다. 공격에 어드벤티지를 얻는 만큼, 수비에서의 패널티 또한 엄격하게 적용된다.

"훅!"

폐에 산소를 가득 감은 영석이 몸을 순식간에 낮춘다.

마치 휘청거리는 것처럼 보일 정도로 빠르게 몸을 숙인 영석의 왼쪽 무릎을, 잔디들이 간질인다.

꾸둑, 드득!

다리를 구부려 자세를 낮춘 상황에서, 몸의 중심은 흐트러지지 않아야 하기 때문에, 허리의 기립근이 불끈거리며 부풀어 올라, 몸의 중심을 잡아준다. 몸을 지탱하고 있는 오른 발목에 인대가 날카롭게 솟아 있다.

홍—

그 상태로 휘두르는 스윙엔, 팔만 움직이는 로봇 같은 느낌이 담뿍 담겨 있다.

펑!

하지만 결과물은 시원찮은 공이었다. 공이 워낙 낮아 제대로 처리할 수 없는 탓이다.

이 순간은 순전히 팔과 손목을 이용해 정교함을 위주로 공을 보내야 한다.

"......!"

자신이 보낸 공이 의도치 않게 좋은(?) 결과를 내자, 샬켄이 회심의 스윙을 펼친다.

이 공격으로 목을 베고야 말겠다는, 필살의 의지가 담긴 공이다.

휘익—

대기가 날카롭게 썰려 나가며 바람의 파편이 되어 사방으로 흩어진다.

영석의 눈에 정광이 번뜩인다.

콰앙!!!

탓!!

대포가 쏘아지듯, 엄청난 스윙이 나왔다.

그에 지지 않겠다는 듯, 영석의 몸이 탄환처럼 쏘아진다.

스플릿 스텝을 한 발로 펼치는데, 그 날렵함에 모든 이의 시선이 쏠린다.

탓, 탓, 타닥!

물수제비를 뜨는 돌처럼 코트를 가볍게 톡 톡 차며 몸을 이동시키는 영석의 모습이 너무나 우아해 스포츠가 아닌, 예술처럼 느껴지기도 했다.

후웅—

몸을 날린 영석의 뒤로 발끝에 목이 잘린 잔디들이 나풀나풀

잘도 흩어진다.

콰앙!!

이윽고 쏘아진 건, 영석 특유의 '눌러 친' 공.

그것도 러닝 포핸드로 펼친, 강렬한 공이다.

한껏 찌그러진 공이 '쉬쉬식' 소리를 내며 뻗어나간다.

쿵—

휘익—

바운드 후 거의 뜨지 않은 공이 스쳐 지나가고 나서야, 샬켄의 스윙이 빈 허공을 가로지른다.

재빠르게 공에 근접했다고 생각했지만, 영석의 공은 상상 이상으로 빨랐고, 상상 이상으로 뜨지 않았다.

샬켄은 자신이 상정한 타점보다 무려 10㎝ 정도나 낮게 깔린 영석의 공에 대응하지 못한 것이다.

"……."

영석은 그 모습을 담담하게, 샬켄은 잔뜩 일그러진 얼굴로 바라보았다.

결승전은 그렇게 두 선수의 표정대로 전개되고 있었다.

＊　　　　　＊　　　　　＊

네덜란드에서의 일정이 모두 끝이 났다.

영석은 결승을 6 : 2, 6 : 3이라는 압도적인 스코어로 끝내고 우승을 차지했다.

지금의 영석은, 감히 누구도 막을 수 없는 폭주 기관차와 다름없었다.

그렇지만, 일행의 분위기가 들떠 있는 것은 아니었다.

복병은 진희였다.

"우씨……."

진희의 표정이 심통 난 어린아이 같다.

잔뜩 들어간 공기가 볼을 빵빵하게 유지시킨다.

영석은 어쩔 줄을 몰라 했다.

─준우승.

영석이 손쉽게 샬켄을 처리(?)하고 우승을 하며 엄청난 파급을 보인 것과 다르게, 진희는 아쉽게도 결승에서 킴 클리스터스(Kim Clijsters)에게 6 : 4, 4 : 6, 5 : 7로 패배하고 만 것이다.

결승 언저리에 남았던 인물이 김진희, 쥐스틴 에냉, 킴 클리스터스여서 프랑스 오픈을 생각나게끔 했지만, 이번의 승자는 킴 클리스터스였다. 잔디라는 특징은 이 셋 중 킴 클리스터스에게 가장 잘 맞는 것처럼 보였다.

현재로서는 '힘과 속도에서 세레나와 견줄 수 있는 유일한 선수'라는 평을 받고 있는 클리스터스는, 시종일관 자신감 있는 공격적인 테니스로 우승까지 차지한 것이다.

"내가 잔디에서 이렇게 못하다니……!!"

엄밀히 말해, 진희가 못했다기보다 킴 클리스터스가 잘한 것이지만 진희는 마뜩잖았는지, 연신 툴툴댔다.

"음… 갑자기 스타일을 바꿀 수도 없는 노릇이고……."

영석이 말을 아끼자, 진희는 혼자 골똘히 생각에 빠졌다. 공격적인 시도를 자주 하는 힘과 속도 위주의 선수가 승승장구하는

WTA, 진희는 그런 공격적인 선수를 맞춰 잡는 스타일이다. 그건 본인의 신체적 능력에서 기인한 스타일이기도 하지만, '세레나'라는 괴물을 상대하기 위한 최고의 방법이기도 했다.

역대급으로 능력이 월등한 터치 감각을 발휘하여 공을 '가지고 노는' 것에 특화된 진희는, 그라운드 스트로크에서는 타이밍과 타점을 흩뜨려 놓을 수도 있고, 네트 근처에서의 발리 플레이에서는 마술사 같은 능력을 발휘하기도 한다.

'그것 또한 여유가 있어야 가능한 것이지만……'

문제는 잔디라는 특성에 있다.

공이 빠르고 낮은 잔디에서는 진희의 스타일이 잘 맞지 않는다.

여유가 있어야 타점도 마음대로 하고 타이밍도 손볼 수 있는 법인데, 시종일관 빠르고 낮게 대지를 훑는 공들에는 그런 터치 감각을 제대로 발휘할 수 없는 것이다.

만약, 상대가 클리스터스가 아닌 세레나였다면 더욱 일방적으로 패배했을지도 모른다.

"이번에는 세레나랑 비너스도 이를 갈고 참가할 텐데……. 으으, 클리스터스도 근육근육 파워파워 걸이고……."

발을 동동거리는 진희는 보이는 것과 다르게 매우 심각한 고민에 빠져 있는 상태다.

이제 겨우 극복해 낸 것처럼 느껴졌던 '세레나 울렁증'을 다시금 떠올릴 수밖에 없는 환경이 조성된 것이다.

"……."

"네가 얼마나 대단한지 알겠어."

한가득 품고 있는 걱정을 뒤로한 진희는, 뜬금없이 영석을 향

162 그랜드슬램

해 엄지를 세워 보이며 말했다.

"……?"

영석이 영문을 모르겠다는 표정을 짓자, 진희가 부연했다.

"내가 지금 겪는 스트레스만큼, 아니, 그 이상으로 넌 클레이에서 힘들었을 거 아냐. 그런데도 끝끝내 이겨내고 롤랑가로스까지 먹다니……. 솔직히 말해 이번만큼은 한 톨의 질투심 없이 존경심이 들어."

"…고마워."

영석은 고개를 끄덕이며 답했지만, 그 눈빛은 달랐다.

진희를 걱정하고 있는 것이다. 뭘 어떻게 해줄 수 없는 자신의 무력함에 대한 안타까움이기도 했다.

와락—

진희가 영석의 팔 한쪽을 강하게 안는다.

고민하고 있는 와중에도, 영석에게 사랑받고 있음이 새삼 행복했던 것이다.

"네가 해내면, 나도 해낼 수 있다는 자신감이 생겨. 걱정 마. 잘할 테니까."

"…응."

그렇게 둘은 영국 런던행 비행기를 향해 몸을 실었다.

Chapter 74

최고(最古), 최고(最高)
—윔블던(Wimbledon)

영국 런던(London).

네덜란드와는 확연히 다른, 부산스러움이 피부에 확 느껴지는 곳에 도착한 영석과 진희는 강춘수의 안내에 따라 숙소로 향했다. 유럽에만 머물러 있으니, 우중충한 날씨에 익숙해지는 것도 같았다.

그리고…….

"왔냐?"

마치 백인처럼 얼굴이 허옇게 질려 벌린 이재림이 영석과 진희를 맞이했다.

눈은 말라비틀어진 동태의 그것과 다르지 않았다.

생기가 여위고, 사기가 가득해 비린내가 날 것 같은 처참한 모습이다.

"…뭐야. 왜 그래!"

영석이 화들짝 놀라 이재림의 양팔을 잡고 앞뒤로 흔들어댄다.

"…어."

"뭐?"

문을 약하게 닫을 때 새어 나가는 바람보다도 미약한 소리로, 이재림이 웅얼거렸다.

들리지 않은 것인지, 영석이 재차 닦달을 한다.

"졌어."

"……."

이재림이 참여한 대회는, 6월 9일에 열렸던 Stella Artois Championships이다.

윔블던과 같은 런던에서 개최되는 이 대회는 퀸즈 클럽(Queen's Club)의 잔디 코트에서 진행되는 대회다. 윔블던도 런던에서 열리기 때문에, 많은 선수들이 윔블던의 전초전으로 삼고 참여하는 대회다.

"누구한테?"

진희가 크게 고개를 끄덕이며 이재림에게 물어왔다. 공감의 눈빛이다.

이재림의 표정에 그제야 사람다운 냄새가 나기 시작했다.

"로딕."

"어디서."

"세미."

마치 억울한 사람의 하소연을 들어주듯 진희가 이재림의 말을 끌어냈다.

영석은 고개를 갸웃했다.

"이기고 지는 거 하나하나에 그렇게 넋을 잃진 않았을 거고… 이유가 뭔데?"

"…못 이기겠어. 열 번 백 번을 다시 시합해도 못 이기겠어."

이재림의 입에서 결코 나올 수 없는 말이 나왔다.

그리고 그것은 지금 이 순간, 명명백백한 진심이었다.

패배 선언.

자신의 역량이 미치지 못하고 있고, 앞으로도 미치지 못할 것이라 판단한 것이다.

이는 극히 위험한 사고방식으로, 패배주의에 휩싸일 수도 있는 전조였다.

'그만큼 크게 당했겠지.'

로딕이 누군가.

영석과 수위를 다투는 '역대' 최고의 서버 중 한 명이다.

서브뿐 아니라, 부족한 부분이 없을 정도로 잘하는 이 선수는, 영석과 마찬가지로 강서버이지만 클레이에서도 활약이 가능한, 전천후 톱 플레이어인 것이다.

그런 그가 잔디에서 펼칠 수 있는 능력이란… 필시 대단했으리라.

'근데 쟨 나한테도 꿋꿋하게 도전하는 놈인데…….'

진희와 이재림에게 축복 아닌 축복이 있다면, 그것은 영석의 존재다.

낯선 서양인의 슈퍼 플레이를 보며 암담함에 치를 떨다가도, '애인'이자 '친한 친구'인 영석이 그 이상의 플레이를 하면 왜인지 모르게 '할 만하다'고 생각되는 것이다.

이 사소한 인식의 차이는, 진희와 이재림의 멘탈에 아주 긍정적인 자극을 주는 요소였다.

즉, 이재림은 패배를 당해도 분연히 몸을 떨치고 일어날, 프로로서 중요한 덕목인 '승부욕'이 강한 사람이라는 것이다. 결코 이 정도에 굴해서는 안 되고 말이다.

답은 이재림의 입에서 나왔다.

"'이 정도면 희망이 있어!'라고 생각하고 이제 선수로 살아갈 마음이 들었는데, 도저히 못 이기겠더라."

"......"

그제야 영석은 이재림의 심정을 헤아릴 수 있었다.

'클레이에서 성적이 괜찮으니까 자신감이 생겼겠지. 그게 잔디에선 모조리 박살 난 것이고.'

진희와는 다른 의미로, 이재림은 잔디에서 약할 수밖에 없는 스타일이다.

빠른 발, 굳건한 체력, 강인한 손목, 훌륭한 톱스핀을 이용한 안정적인 그라운드 스트로크⋯⋯.

엄청난 무기를 갖게 된 이재림이지만, 이 모든 것들은 잔디에서만큼은 통용되지 않는다.

그게 가능했던 선수는 단 한 명뿐이었다.

'나달뿐이지.'

클레이에서의 플레이를 유리하게 만드는 조건들.

그 조건들을 '인간이 도달할 수 있는 한계 이상'으로 갈고닦은 나달의 수준은 되어야 윔블던에서도 통용이 된다.

'그런 나달도 윔블던에서는 많이 애를 먹었지.'

하물며 지금의 이재림 수준에서야…….

"……."

"모든 선수가 모든 코트에서 잘할 수는 없는 노릇이다."

가만히 선수들의 얘길 듣고 있던 최영태가 단호한 어조로 포문을 열었다.

영석과 진희, 이재림의 시선이 단박에 집중이 된다.

최영태는 담담하게, 그러면서도 온기가 깃든 표정으로 말을 이었다.

"특성이 각기 다른 네 가지 종류의 코트에서 시합을 하다 보면, 자기 자신과 맞는 코트가 있고, 맞지 않는 코트가 있어. 내 경우엔 하드 코트에서보다 클레이에서의 승률이 두 배가 넘는다."

'하긴. 4대 메이저 대회 모두에서 8강 이상 진출한 선수가… 열 명이 채 안 되지.'

듣고 있던 영석은 고개를 주억이며 최영태의 말에 동의를 표했다.

"너희들도 이제 막 데뷔한 신출내기는 아니잖아. 각자의 특기를 살릴 수 있는 시즌에 집중할 수 있는 마인드가 필요해."

최영태의 시선은 줄곧 이재림에게 향해 있었다.

이재림이 자신과 비슷한 유형의 선수라 마음이 쏠리는 것이다.

"그럼… 안 되는 건 안 되는 건가요?"

진희가 사뭇 도전적으로 최영태에게 묻는다.

최영태가 쓰게 웃으며 진희의 머리를 쓰다듬었다.

"이 녀석아. 프로가 그러면 쓰나. 내 말은, 너희의 실력을 정확히 가늠하는 작업이 필요하다는 거야. 장단점을 명확히 인식하고, 상대와 나의 실력을 세분화해서 견줄 수 있어야 한다는 거지."

"어느 한 환경에서 졌다고 해서 너무 낙담하지 말라는 거군요."

이재림이 진중하게 답했다.

어느새 안색에 홍조가 돌기 시작했다.

최영태는 고개를 끄덕이며 자신의 말을 정리했다.

"프로라면 최소한의 향상심을 가져야 하지만, 못하는 것에 매몰돼서 잘하는 것까지 스스로 평가절하 하면 안 된다."

"…네!!"

어느새 진희도 눈을 반짝이고 있었다.

영석은 그런 둘을 보며 고개를 끄덕이고 있었다.

'…정 안 되면 잔디 시즌을 버리는 것도 가능해. 실제로 그런 선수들도 많으니……'

그러나 입 밖으로 그 말을 꺼내진 않았다.

누가 뭐라고 해도 아직 자신들은 '가능성이 무궁무진한 10대 소년 소녀'에 불과하다.

쓸데없이 자신의 한계를 빨리 인식할 필요는 없다.

"……."

영석이 재림의 등을 툭 쳤다.

"…나 눈에 좀 익게 리턴 연습 좀 시켜주면 안 될까? 최소한 꼴사나운 플레이는 하지 말아야지."

이재림이 풀썩 웃으며 영석의 손을 쥐었다.

잘게 떨리는 손에서 절박함과 함께 향상에의 의지가 느껴졌다.

"나도! 도와줘!"

진희도 두 남자의 손 위에 자신의 손을 얹으며 영석에게 부탁을 해왔다.

"…알았어."

영석은 도저히 거절할 수 없어서 고개를 끄덕였다.

'도움이 된다면야… 뭔들 못 해주겠어.'

윔블던.

프랑스 오픈과 완전히 반대로, 고민의 몫은 영석이 아닌, 진희와 이재림에게로 넘어갔다.

*　　　　*　　　　*

전영 오픈. 다른 말로 '윔블던'.

윔블던(Wimbledon)은 영국 런던 윔블던에서 열리는 세계 4대 메이저 대회 중 하나이다. 세계에서 가장 오랜 역사를 지닌 테니스 대회인 이 대회는, 널리 최고의 권위를 인정받고 있다.

'테니스를 몰라도, 윔블던은 안다'고 할 정도로, 그 위상이 거대한 대회다.

그리고 아주 재밌는 규칙이 있다.

"으아……."

진희가 못 볼 걸 봤다는 듯 인상을 찌푸린다.

강춘수와 강혜수가 들고 온 옷을 보고서 보인 반응이다.

All White.

영석은 위아래로 흰 옷을 받아 들었고, 진희는 짤막한 흰색 원피스를 받았다. 어깨가 시원하게 드러나는 디자인이었다.

"엄격하다고 말은 들었지만……."

원피스를 받아 자신의 몸에 대본 진희가 고개를 절레절레 저었다.

흰색.

전통을 고집하는 윔블던은, 과거 테니스가 귀족들의 전유물일 때처럼 선수들의 복장에 매우 엄격한 규제를 적용한다. 옷은 물론이고, 각종 착용물의 종류와 색상을 제한하는 것이다. 심지어는 신발의 밑창 색까지도 규제한다.

그래도 예전과 달리 지금은 남자 선수는 반바지를 착용할 수 있고, 여자 선수는 발목까지 오는 원피스를 입지 않아도 되었다.

결국 선수들은 울며 겨자 먹기로 규정을 따른다.

가끔 이런 규칙과는 담을 쌓은 선수들은 아주 기괴한 장식으로 소심한 반항(?)을 하여 기자들과 테니스 팬들을 즐겁게 하기도 한다.

"여기 라켓도 있습니다."

"라켓?"

영석과 진희는 영문을 모르겠다는 표정으로 강춘수가 내민 라켓들을 받았다.

라켓의 색상까지는 규제하지 않기 때문에, 쓰던 걸 쓸 줄 알았던 것이다.

"이건 좀 예쁘네."

진희가 라켓을 이리저리 돌려 보며 흡족해했다.

흰색과 연두색이 자연스럽게 섞인, 우아한 도색이었다.

영석도 마찬가지로 고개를 끄덕이며 만족스러워했다.

진한 연두색과 보라색을 바탕으로 도색된 영석의 라켓 또한 보자마자 '윔블던'을 떠올릴 법한 도색이었다.

"두 분이 쓰고 계시는 모델과 모든 스펙은 완전히 똑같습니다. 도색만 바꿨다고 하네요."

"윔블던 에디션인가?"

"네, 쓰시던 스트링까지 수리사들이 완벽하게 똑같이 수리했습니다."

탕―

라켓의 면을 손바닥으로 한차례 튕긴 영석이 피식 웃었다.

간혹 라켓 제조사들은 이렇게 특수한 상황을 맞이하여 에디션을 발매하곤 한다.

'바볼랏은 특히나 이런 걸 좋아하지.'

특정 선수를 기념하기 위한 에디션, 윔블던을 기념하기 위한 에디션, 프랑스 오픈을 기념하기 위한 에디션……. 장삿속이지만, 꽤나 효과가 있기도 하다.

"너희들은 좋겠다……."

옆에서 이재림이 시샘 어린 눈빛으로 라켓을 훑어봤다.

"윌슨은 이런 거 잘 안 해주나?"

진희가 능청스럽게 고개를 갸웃했다.

윌슨 사의 라켓을 쓰고 있는 이재림을 살짝 놀리는 것이다.

윌슨은 이런 에디션을 거의 발매하지 않는다.

"우씨……."

괜히 말 한번 잘못 꺼냈다가 놀림받은 이재림이 씩씩거렸다.

"일단, 연습부터 합시다."

영석이 그런 소란스러운 장내를 정리하며 둘을 독촉했다.

둘 모두 옷을 한쪽에다 놓고는 영석을 따라 라켓을 들고 나섰다.

$$*\qquad *\qquad *$$

2003. 6. 23.

마침내 윔블던, 그 떨리는 이름의 서막이 시작되었다.

"소감 한 말씀 부탁드립니다."

박정훈이 능청맞게 굴며 손아귀에 쥔 팬을 마이크처럼 영석과 진희, 그리고 이재림에게 차례로 한 번씩 대었다.

"응? 무슨 소감이요?"

"두 사람은 1번 시드. 이재림 선수는 당당히 본선 진출. 경사지, 경사."

박정훈은 여전히 설레발을 떨어댔다.

이 모습도 호주 오픈, 프랑스 오픈에 이어 세 번째로 보니 살짝 질리는 감이 없잖아 있었다. 그래도 여전히 분위기는 한결 가벼워졌다.

이 배려의 대상은 당연히 진희와 이재림이다.

"꺄! 흰옷도 천사 같아요!"

김서영이 진희의 주변을 돌며 사진을 찍어댔다.

속에 받쳐 입는 기능성 속옷들까지 모두 흰색으로 입은 진희는, 날개만 없을 뿐이지 천사에 가까웠다.

"응응, 예쁘다, 진희야."

영석까지 달라붙어 칭찬을 하자 진희의 안색이 한결 편안해 보였다.

"그치? 내가 좀 예뻐."

금세 장난까지 치는 거 보니, 진희는 걱정할 게 없었다.

"얌마."

툭—

영석이 이재림의 어깨를 툭 쳤다.

"어, 어?"

이재림은 반쯤 정신을 놓고 있었다.

영석과의 연습에서도 속수무책으로 당했기 때문이다.

상성이 안 맞아도 너무나 안 맞아서 도저히 답을 찾을 수 없는 상황이다.

그런 상황에서 본선에 자리하고 있는 것만으로도 이재림은 충분히 훌륭했다.

영석은 나직이 한숨을 쉬며 한차례 참았던 말을 꺼내고야 말았다.

"정 추스르기 힘들면, 앞으로 12개월 중 1개월은 버린다고 생각해."

"버린다고?"

이재림이 묻자, 영석이 고개를 끄덕였다.

"잔디 시즌이라고 해봐야 꼴랑 한 달이야. 나머지 11개월 중에 4, 5개월이 클레이고. 네 장점을 살릴 수 있는 기간이 훨씬 길잖아. 별것도 아니란 거지."

"……"

최영태의 말에 덧붙여, 영석의 말은 조금 더 현실적이었다.

영석은 지금 '선택과 집중'을 말하고 있는 것이었다.

"그냥 윔블던 구경 왔다고 생각해. 반드시 여기서 실적을 내야 한다고 생각하면 괜히 스트레만 더 받아."

'혹시 알아? 그렇게 마음 비우면 잘될지'라는 말은 꾹 눌러 삼켰다.

영석의 말에 이재림이 고개를 끄덕였다.

"그래. 얼른 가자. 괜히 나 때문에 너희 신경 쓰이게 해서 미안."

"알면 됐어."

영석이 또 한 번 툭— 이재림의 등판을 쳤다.

"나가기 전에 사진 한 장만 찍자."

박정훈이 일렬로 선수 세 명을 세워놓고 셔터를 눌렀다.

"음… 좀 약한데? 팔 들고 파이팅 한번 외치자."

선수들이 힘냈으면 좋겠다는 마음에 박정훈이 혼신의(?) 연기를 펼쳤다.

"하나… 둘… 셋!"

"화이팅!!"

저 바닥의 진실된 마음이야 어쨌든, 세 선수는 세계 최고의 대회인 윔블던을 앞두고 쩌렁쩌렁한 목소리로 기세를 끌어올렸다. 신기하게도 몸에 힘이 붙는 기분이 들었다. 요식(要式)이 진심(眞心)을 자극한 것이다.

Chapter 75
**세계 최고의
서버(Server)를 가리다**

후와아아아아아아아!!

환호성이 한데 뭉쳐 코트에 입장하고 있는 영석의 몸통을 직격했다.

물리적인 충격이 있는 것처럼 다리가 순간적으로 휘청인다.

사람들의 환호가 이처럼 클 줄은 몰랐다는 듯, 영석의 차가운 눈이 순간 놀람으로 가득하다.

'메이저 결승도 아니고… 이제 1라운드인데?'

주변을 돌아보니, 관중석에 빈자리가 단 한 개도 없었다.

이런 경험은 또 처음이라, 영석은 한동안 자리에 서서 관중들을 올려다보았다.

"우와아아아!!"

그런 영석에게 관중들은 다시금 환호를 쏟아주었다.

―메이저 대회 2회 연속 우승.

커리어에서 가장 약세를 보일 것 같다는 클레이에서도 세계 정점을 찍은 이 믿기지 않는 선수는, 어느새 테니스의 심볼이 되고 있었다. 그 누구보다도 빠른 속도로 '제(帝)'의 자리에 오르려 하고 있는 것이다. ATP의 역대 누구도 하지 못했던 일들을 영석은 태연자약하게 해내고 있었다.

훅― 하고 긴장감을 가볍게 털어낸 영석이, 늘 하듯 머릿속에서 관중석을 지웠다.

집중력을 코트 내로 한정하는 것이다.

―@$@!%

선택과 집중을 하자 선수를 제외한, 코트 위의 인물들이 내는 온갖 소리가 들려온다.

'집중력 오케이.'

턱―

희디흰 벤치에 가방을 놓은 영석이 자켓을 벗고 몸을 풀기 시작했다.

시합하기 전에도 몸을 풀었다지만, 시합 직전의 스트레칭은 의미가 남달랐다.

"이것 참… 반가운 이름이군."

풀 내음 가득한 코트에 들어선 영석은 전광판에 새겨진 이름 하나를 보고 실소를 지었다.

대전표를 미리 봤지만, 전광판으로 보는 느낌은 또 색달랐다.

평소와는 종류가 다른 긴장감이 꿈틀거린다. 그리고 오늘 시합이, 무척이나 빠르게 끝날 것임을 직감했다.

—Ivo Karlovic.

이보 칼로비치.

메이저 우승은 단 한 차례도 없는 이 선수의 이름은, 신기하게도 어지간한 톱 프로보다도 드높다.

일전의 '페르난도 곤잘레스'처럼, 그가 한 분야에 있어서 거의 절대적인 수준에 올랐기 때문이다.

그리고 그 절대적인 수준에 오른 것은, 상대가 누구여도 통했다.

"후우……"

영석의 숨결에서 희미한 기대감이 엿보인다.

거의 모든 면에서 최고를 논할 수 있다는 찬사를 듣고 있는 영석이었지만, 딱 한 가지만큼은 최강을 쉽게 점칠 수 없었다.

아이러니하게도 영석을 가장 많이 도와주고 있는 '서브'다.

고란 이바니세비치(Goran Ivanisevic)를 필두로, 앤디 로딕도 쟁쟁한 경쟁자다.

또한 이제 곧 붙게 되는 칼로비치도 마찬가지로, 위협적인 경쟁자임에 틀림이 없었다.

대가(大家).

이보 칼로비치는 서브의 스페셜리스트다.

—역대 ATP 선수 중 가장 높은 서브 게임 승률 보유자.

영석이 명확히 기억하고 있는 사실 중 하나다.

약 500회에 달하는 매치에서의 서브 게임 승률은 91%.

따박따박 순서대로 돌아오는 그 서브 게임을 무려 91%의 확률로 킵한다는 것이다.

그 누구와 붙어도 열 번 중 아홉 번은 자신의 서브 게임을 지킨다는 것이 얼마나 위대한 일인지, 영석은 잘 알고 있었다.

—차분히 자신의 서브 게임만 잘 지키면, 결코 지지 않는다.

'소문을… 확인해 봐야지.'

"반갑습니다."

"오우, 오늘 재밌게 놀아봅시다."

악수를 나누는 아주 사소한 절차에서도, 영석은 평소와는 다른, 엄청난 괴리감을 느끼고 있었다.

'내가 고개를 들고 봐야 하다니……'

턱수염이 거뭇하게 나 있는 거인(巨人)이 영석의 손을 마주 잡고 흔들고 있었다.

공식 프로필 211㎝의 칼로비치는 부드러운 눈으로 영석을 내려다보고 있었다. 195㎝의 영석을 말이다.

'키만 큰 게 아니야.'

칼로비치는 백인이었지만, 마치 NBA의 흑인 농구선수처럼 키가 크면서도 온몸의 균형이 잘 맞아 보였다. 떡 벌어진 어깨 밑으로 펼쳐진, 광활한 상체에 가득한 근육들이 도드라진다.

'평균 수준의 민첩성은 있겠군.'

얼핏 학 다리처럼 보이기 쉬운 길쭉한 다리에도 적당한 근육들이 얼기설기 붙어 있었다.

영석과 마찬가지로, 몸 전체가 완성에 이르른 상태다.

이 정도의 신체 조건이면, 어떤 스포츠를 해도 빛을 발할 수 있었을 터다.

"당신과 나, 누가 최고의 서버인지… 가려보자고."

윔블던 1회전.

그것은 달리 '세계 최강의 서버'를 가리는 대전이기도 했다.

*   *   *

콰앙!!

시합은 칼로비치의 서브 게임으로 시작되었다.

"아웃!!"

부심이 큰 목소리로 아웃을 선언했다.

'긴장했군.'

영석은 예리한 눈으로 관찰했다.

시선의 끝은 칼로비치가 아닌, 부심들이었다.

총 네 명의 부심.

이들은 이제 시합이 시작되었음에도 엄청난 긴장감을 품고 시합을 지켜보고 있었다.

그들 또한 아는 것이다.

이 시합이 달리 '서브 시합'이 될 거란 것을. 자신들이 한 번이라도 눈을 깜빡이면, 공은 이미 지나가 있는 상황이라는 것을.

각설하고, 칼로비치의 퍼스트 서브는 아주 미세하게 선 밖으로 나가며 아웃 판정을 받았다.

"……"

목과 어깨를 한 차례씩 돌려 몸을 푼 칼로비치가 세컨드 서브를 준비했다.

슥―

우선, 스탠스를 넓게 둔다.

오른손잡이인 그는, 당연히 왼발이 앞, 오른발이 뒤에 위치해 있다.

훅―

그리고 높게 토스.

뒷발을 끌어당겨 양발을 베이스라인에 바짝 붙인다.

탄력을 주기 위해 무릎을 살짝 굽힌다.

쉬펑!

그리고…….

별다른 것이 없다.

오히려 간결해 보일 정도로 깡총하게 팔을 휘두를 뿐이다.

'대가'다운 특별함은 엿보이지 않았다.

쉬익―

그러나 결과물은 공포스러웠다.

쿵!

"아웃!"

"러브 피프틴(0 : 15)."

세컨드 서브였음에도 통렬한 플렛 서브를 날린 칼로비치가 고개를 갸웃하더니 다시금 관절을 풀었다.

'서브 연습인 거냐…….'

더블폴트였지만, 영석은 전혀 기쁘지 않았다.

전광판의 숫자를 봤기 때문이다.

〈249.3km/h〉

칼로비치는, 단 두 번의 서브로 영석의 최고 기록을 우습게 뛰어넘는 모습을 보였다.

"……."

영석은 벌렁이려는 가슴을 최대한 가라앉히며 애드 코트로 걸어갔다.

*　　　　*　　　　*

강서버란 무엇인가.

서브를 논할 때, 이 정의부터 다양한 갈림길이 생겨난다.

—속도가 빠르다.

—정확하다.

—탄력이 좋다.

…….

강서버로 불리기 위한 덕목들은 꽤나 많다.

어떤 선수는 하나를 갖고, 또 어떤 선수는 몇 개를 갖고 있다.

많이 가지면 가질수록 좋다지만, 하나를 아주 수준 높게 갈고 닦는 것 또한 좋은 방법이다.

사회가 그렇듯, '다 잘하는 것'보다 '뭐 하나를 유별나게 잘하는 것'이 테니스에서도 좋은 덕목이 된다.

'저 인간은 속도와 정확도가 아주 좋군.'

1세트 3 : 3.

세 번씩 서로의 서브 게임을 선보인 둘은 15분 만에 여섯 게임이라는, 엄청난 페이스로 시합을 치르고 있었다.

칼로비치는 속도와 정확도를 위주로, 영석은 속도와 정확도, 그리고 힘을 위주로 서브를 날리고 있었다.

물론, 복합적인 것으로 따지자면, 영석의 서브가 더 우월해야 마땅하다.

하지만 속도라는 하나의 절대적인 요소가 칼로비치의 서브를 빛나게 만들었다.

—248, 249, 246, 250…….

보기엔 가볍게 휘두르는 것 같지만, 전광판의 숫자는 하늘을 찌르고 있었다.

평균 속도를 비교하자면, 영석의 서브보다 10㎞/h 정도 더 빠른 속도.

'엄청 빠르네…….'

로딕과 자신의 서브를 기준으로 몸을 움직이는 것이 강서버를 맞이했을 때 영석이 취하는, 일종의 '디폴트값'이었는데, 칼로비치의 서브는 종류가 달랐다. 그래서 리턴에서 아쉬울 때가 많았다.

로딕이 탄력을 극대화한 공을 날린다면, 칼로비치는 높이를 극대화해서 서브를 날린다. 각도가 크게 들어오기 때문에, 정확하게만 들어오면 손쓸 도리가 없었다.

칼로비치의 세 번의 서브 게임에서 별다른 큰 저항은 하지 못한 영석은 손아귀에 잡힌 라켓을 쉴 새 없이 빙글빙글 돌려댔다.

'내가 벌써 다섯 개나 에이스를 내주다니…….'

까득—

분했는지, 영석이 이를 앙다물었다.

칼로비치의 기분 나쁜 기록 하나가 더 떠올랐다.

—단 한 게임을 제외하고 수백 전의 게임에서 모두 서브 에이스를 기록했다.

2016년까지 약 1만 개의 서브 에이스를 기록했던 칼로비치는, 전혀 다른 영역에서의 테니스를 보이고 있었다.

'그래도… 리턴을 아주 잘하진 않아.'

하나 위안이 되는 건, 자신의 에이스가 한 개 더 많다는 것이다.

최소한 리턴에서만큼은 영석이 칼로비치보다 한 수 위인 것이다.

그리고 그것은, 눈과 몸을 움직이는 기민한 민첩성 등이 영석이 우위에 있다는 것이다.

문제는 단 하나. 서브다.

'빨리 눈에 익혀야지. 몸이 뻑뻑해지고 있어.'

근육과 관절들이 부드럽게 움직이기 위해서는 지속적인 자극이 가야 한다. 하지만 지금은 서브만 날리고 있으니 애써 풀어놨던 전신의 근육들이 굳어가고 있었다.

꾹꾹 눌러놨던 야성(野性)이 잔디를 만나 해방된 지금, 이렇게 답답한 전개는 영석의 마음에 들지 않았다.

*   *   *

4 : 5.

1세트의 끝자락.

영석은 어쩐 일로 앞서나가지 못하고 있었다.

칼로비치가 먼저 서브 게임을 가져갔기 때문에, 한 게임씩 서로 쌓아나가다 보니 자연스럽게 4 : 5라는 스코어가 된 것이다.

'…놀랄 만큼 단조롭군.'

3 : 3까지는, 서브라는 가장 큰 과제를 맞닥뜨려 전체를 살피지 못했지만, 지금에 와서는 칼로비치의 경기 스타일을 가늠할 수 있었다.

'극단적인 서브 & 발리……. 아니, '무작정 발리'인가……?'

쾅! 하고 서브를 날리면, 기계적으로 네트 앞으로 뛰쳐나온다.

발이 그렇게까지 빠르지는 않지만, 서브의 속도가 많은 것을 만회했다. 더불어, 길어도 너무 긴 팔다리를 이용하여, 어쩌다 잘 맞은 리턴을 뛰어오면서도 여유롭게 처리해 냈다. 그의 한 걸음은, 보통 선수의 세 걸음과 거의 비슷했다.

말 그대로 '살아 있는 벽'이 베이스라인부터 네트까지 빠르게 다가오는 셈이다.

1. 서브 에이스를 노린다.

2. 상대가 리턴을 하면 발리를 한다.

칼로비치는 이 두 가지를 처음부터 끝까지 지키고 있었다.

단순함의 끝을 보여주고 있지만, 문제는 그것이 꽤나 유효하게 먹히고 있다는 것이다.

툭, 툭, 툭, 툭, 툭…….

영석의 손에 놓인 공이 잔디 속으로 다섯 번 파묻힌다.

푹신한 감촉 때문인지, 소리가 건조하게 울린다.

휘릭— 콰앙!!

영석 특유의, 호쾌하면서도 섬뜩한 느낌을 주는 서브가 작렬했다.

온몸의 회전을 극대화해서 모든 힘을 공 하나에 집중하는 영석의 서브는, 속도는 조금 느렸지만, 두말할 것 없이 위협적이었다.

펑!

칼로비치는 서 있던 자리에서 허공에 주먹질을 하듯 획— 팔을 내뻗었다.

제대로 면이 만들어지지 않았지만, 공은 용케 네트를 넘어왔다.

탓, 타다다닥!

'그 똥볼을 치고도 네트로 오다니······.'

우직하게 네트를 향해 돌진하는 모습을 보며 혀를 차는 것도 잠시, 영석은 눈빛을 차갑게 가라앉히고 공을 어디로 보낼 것인가 고민의 시간에 들어갔다.

이성이 고갤 들고 머릿속을 점령하자, 자연스레 코트가 분할되기 시작했다.

클레이에서의 습관이 남은 것이다.

분할 수는 36개, 지금으로선 그게 최선이라는 판단이 들었다.

'34번에 보내야겠군.'

달려오고 있는 상대의 발목을 향해 공을 보내는 것은, 발리를 시도하려는 상대에게 자주 써먹는 수법이다.

휘익—

테이크백에서부터 박력이 넘친다.

우드득, 득!

날개뼈와 손목에 집중을 하기 시작하자 뼈마디가 비명을 지른다.

'고갤 숙여라.'

쉭— 쾅!!

지금까진 산뜻하게 직선을 그리곤 했던 공이, 이 순간 기역 자로 꺾이며 칼로비치의 앞발을 향해 떨어지기 시작했다.

*　　　　*　　　　*

세상은 불공평한 것 같으면서도 공평하고, 공평한 것 같으면서도 불공평하게 마련이다.

'키'도 하나의 재능으로 평가받는 스포츠에선 더더욱 '공평과 불공평'의 서늘한 간극이 피부 위로 사납게 몰아친다. 그 누구도 이 바람은 거부할 수 없다. 순응하며 이를 악물 수밖에 없는 것이다.

쒜엑—

영석이 손목에 강한 힘을 주어, 드물게 스핀을 많이 걸어놓은 공이 네트를 넘자마자 뚝— 떨어진다. 마치 총 맞은 새처럼, 떨어지는 기색조차 없이 급작스럽게 땅으로 처박히는 모양새가 어색하고 섬뜩했다.

"끕!"

이번엔 키가 큰 것이 불리하게 적용될 때다.

단지 키가 크다는 것 하나만으로 자신의 발목에 떨어지는 공에 대응하는 것이 너무나 어렵게 된 칼로비치는 허리를 잔뜩 숙여 공을 마중 나갔다.

누가 봐도 어리숙해 보이는 동작이었다.

"……."

그러나 영석은 이를 보고 결코 쾌재를 부르지 않았다.

오히려 감탄을 하고 있었다.

어리숙하게 보이는 건, 칼로비치만큼 큰 선수가 없기 때문이다. 즉, 보는 사람들의 눈에 익지 않기 때문에 어리숙해 보이는 것이다.

'능숙해.'

몸 자체의 기본 높이가 높기 때문에 낮은 공에 약한 것은 당연하지만, 상대하는 선수마다 낮은 공을 노렸었다면, 그게 밥 먹듯이 익숙하다면 어떨까? 싫어도 잘 대처하게 될 수밖에 없게 될 것이다.

칼로비치는 오히려 능숙한 편이었다.

'받겠지.'

탓! 팡!

영석이 볼 것도 없다는 듯 빠르게 몸을 튕겼다.

라켓에 공이 닿기도 전에, 그러나 칼로비치가 도중에 코스를 바꿀 수 없을 정도의 적절한 타이밍에 몸을 움직인 것이다. 그 타이밍이 너무나 신묘(神妙)해서 테니스를 조금이라도 해본 이라면 입이 떡 벌어질 정도였다.

마치 로켓이 쏘아지듯, 너무나도 호쾌한 스텝이 순식간에 거리를 접어, 단축시킨다.

혹—

칼로비치보다 리치는 부족했지만, 발은 비교가 무색하게 영석이 빨랐다.

너무나 빠른 그 모습에 칼로비치의 눈가가 잘게 경련한다.

'긴장했군.'

이번엔 부심이 아니라, 명백히 칼로비치가 보이는 긴장이다.

영석의 입꼬리가 스산하게 움찔거리며 솟기 시작한다.

쿵! 퉁!

영석은 오른발을 크게 내디디며 공을 향해 라켓을 들이 밀었다.

코스는… 칼로비치의 몸통이다.

퉁!

칼로비치는 자신의 몸통에 쏘아진 공을 보고도 용케 팔을 안으로 접어 몸통을 막았다.

길어서 접는 데 힘들 것이란 예상과는 달리, 부드러운 채찍처럼 몸이 흐느적거린다.

휘익—

그러나 칼로비치의 기지와 상관없이, 공은 어중간하게 떠버렸다.

영석의 발리가 워낙 강력했고, 쏘아진 공이 빨랐던 탓이다.

탓, 탁— 스윽—

단단히 자세를 잡은 영석이 붕 뜬 공의 밑을 재빨리 점하고 왼팔을 번쩍 들어 올렸다.

공을 가리키고 있는 쭉 펴진 오른팔의 선이 눈부셨다.

완벽한 스매시 찬스.

"······."

이번엔 어쩔 도리가 없다는 듯 칼로비치가 등을 돌리고 서 있었다.

혹시나 공에 맞더라도, 정면으로 맞는 것만큼은 방지하는 것이다.

팡!

영석도 굳이 칼로비치를 향해 공을 치지 않고, 멀찌감치 공을 보냈다.

"게임. 서버."

5 : 5.

총 소요된 시간은 고작 25분에 지나지 않았지만, 1세트는 게임 듀스에 접어들게 되었다.

*   *   *

'타이브레이크는 사절이야.'

리턴을 준비하는 영석의 눈이 결의에 차 있다.

이번 윔블던도 언제나 그렇듯 목표는 우승이다.

목전에 둔 칼로비치를 우습게 보는 것은 아니지만, 결코 질 생각 따위는 없었다. 빨리 이겨서 조금이라도 체력을 확보해 놔야 128 draw의 혹독함을 이겨낼 수 있다. 거기에 메이저 대회 본선은 모두 5세트 경기다. 하루하루의 경기가 혹독하기 이를 데 없는 것이다.

이런 메이저 대회의 1회전인 지금, 단 한 번의 브레이크가 절실하다. 그리고 영석은, 필요할 때 성취해 낼 수 있는 능력이 있는 선수다.

"후-우-우-우-우-우……."

몸 안의 산소를 일거에 몰아낸다는 느낌으로, 길고 긴 날숨을 뱉는다.

대신 차오르는 것은 '감각'과 '가벼움'.

머릿속에 가득 찬 승리에의 집념 또한 훌훌 털어냈다.

과민하게 힘을 줘 집중하려 한 의지조차도 내려놓는다. 그러자 역설적으로 의식이 '집중력'이라는 물로 흥건해지기 시작한다.

"훅!"

마침내 한 줌의 호흡까지 내뱉은 영석은 오감이 사라진 것 같은 착각에 빠져들었다.

그야말로 공(空)과 허(虛)의 얇디얇은 경계선을 편하게 노니는 기분이 든다.

'왔군…….'

집중이라는 글씨가 홍수를 내며 영석의 안에서 바깥으로 흘러넘쳤다.

글자가 기어 다니는 것일까. 피부 위의 가녀린 솜털이 삐죽삐죽 솟는다.

투-우-우-웅…….

칼로비치의 동작이 슬로모션으로 보이기 시작한다.

영석의 관자놀이에 굵은 지렁이 같은 핏줄이 자리한다.

'반칙 같지만… 이것도 재능이고 능력이지.'

이제는 익숙해져서, '의도적으로' 세상을 느려지게 만들 수 있는 영석이었지만, 자주 사용하지는 않았다. 정신력을 극도로 사용하는 것이기 때문에, 쉽게 지칠 수 있기 때문이다.

극단적으로 예를 들자면, 이 능력을 사용한 후, 서너 번을 계산해 둘 수 있는 걸, 지치면 한두 번밖에 계산할 수 없게 된다.

하지만 지금은 이 능력이 반드시 필요한 상태다. 과감한 결단을 내린 영석의 안구에 실핏줄이 확─ 올라온다.

휘이이익─

칼로비치의 토스하는 동작이 사뭇 유려하다.

211㎝의 신장, 거기에 팔의 길이와 라켓의 길이까지 합하고, 점프하는 높이까지 합쳤을 때… 최소 약 4.5~5m 정도 높이로 공을 띄워야 한다.

이는 결코 쉬운 일이 아니었지만, 칼로비치는 숨 쉬듯 자연스럽게 완벽한 토스를 선보였다.

느리게 보니 드높은 그 경지를 더더욱 선명하게 알 수 있었다.

'나도 아직 부족했구나…….'

더 높이, 더 정확하게 토스를 하는 것만으로도 서브의 위력은 변할 수 있다.

자신은 240㎞/h대에 접어들며 은연중에 발전하는 것을 포기하진 않았으나, 싶은 자책감이 영석의 가슴에 아주 잠시 머물렀다.

'하지만 그건 그거고…….'

휘리릭─

마침 칼로비치가 몸을 공중으로 끌어 올리며 팔을 휘두르기 시작했다.

일절 군더더기가 없는, 멋진 동작들이 영석의 뇌리를 끊임없이 자극한다.

가슴에 머물던 자책감은 흔적도 없이 사라진다.

콰앙!!

'미친!'

라켓이 공에 부딪히는 순간, 영석은 순간적으로 집중력이 흐트러진 것이라 착각했다.

칼로비치가 휘두른 라켓이 그의 정강이 쪽으로 내려오기도 전에 공은 이미 영석의 서비스라인을 점령하고 있었다. 신속(神速)이 있다면 바로 이런 것이리라.

"크으윽!"

입 밖으로 새어 나오는 신음이 길게 늘어져 기괴하다.

타다아악!

시간이 없으니, 스텝과 동시에 몸이 회전한다.

쉬이익—

양손으로 단단하게 움켜쥔 라켓이 바들바들 떨린다.

'맞혀야 해.'

느리게 보는데도, 공은 벌써 한 번 바운드되어 튀어 올랐다가 다시 땅으로 떨어지기 시작하고 있었다.

영석은 이를 악물고 우선 팔을 뻗었다.

펑!!

허리가 접히고 공은 똑바로 날아갔다.

얼마나 서브 & 발리에 익숙한지 이미 칼로비치는 네트에 근접해 있었다.

'오픈 스페이스, 러닝 포핸드.'

순식간에 설계를 짠 영석이 빈 곳으로 달렸다.

얼핏 보면 무작정 몸을 던지는 우매한 행동으로도 보일 수 있는 일.

하지만 최근의 영석은, 무서울 정도로 감각이 완벽한 상태다. 주변의 모든 것을 계산하며 몸을 움직이는 것이다.

그 예로, 이번에도 공이 칼로비치의 라켓에 닿기 전이었지만, 도중에 코스를 바꿀 수도 없는… 여전히 완벽한 타이밍에 몸을 움직였다.

칼로비치가 움찔 몸을 떨며 영석의 오픈 스페이스인, 애드 코트로 공을 보냈다.

펑!!

펑!!

'그만.'

달리는 도중 감각의 스위치를 끄자, 느리게 흐르던 공기가 터지는 소리가 났다. 타구음과 비슷하면서도 다른 소리다.

쾅!!

촤아아악—

영석은 각력(脚力)을 그대로 살려 왼팔을 신속하게 휘둘렀다.

코스는 스트레이트.

'하지만 받아내겠지.'

평범한 선수라면, 예측하지 못하는 이상 받을 수 없는 공이지만, 칼로비치라면 얘기가 달라진다. 영석은 볼 것도 없다는 듯 앞으로 다시 몸을 날렸다.

관성의 법칙을 무시하는 것 같은, 무시무시한 민첩성과 순발력이 빛을 발한다.

차악—

칼로비치는 영석의 예상대로 팔을 쭉 뻗는 것만으로도 라인 근처를 서성이던 공을 낚아채었다. 거듭된 서브 & 발리로 숙련될 대로 숙련된 발리 기술이 유려하게 꽃피운다.

퉁!

거의 드롭샷에 가까운 발리.

손목의 감각이 훌륭하다는 증거다.

하지만 영석은 그런 선수를 무수히 겪어봤다.

'모험이지만… 로브다.'

네트 뒤 30㎝ 부근에 멋지게 떨어진 공을, 영석은 손목을 이용하여 크게 감았다.

펑!

쉬릭— 쉬쉬쉬—

엄청난 톱스핀을 먹은 공이 벽 같은 칼로비치를 훌쩍 뛰어넘는다.

"……"

칼로비치는 긴 다리를 이용해 성큼성큼 백스텝을 밟았다.

동작에서 여유가 느껴진다.

'여기서 끊는다.'

다시금 집중력을 발휘해 '감각'을 불러 세상을 느리게 보기 시작한 영석이 이상한 행동을 보였다.

칼로비치의 그라운드 스매시는 이미 예견된 상황.

베이스라인으로 물러나도 모자랄 판에 로브를 올린 네트 근처에 계속 머물고 있는 것이다.

"……!"

쿵!

공이 튕기고, 양손을 높게 들어 멋진 트로피 자세를 펼친 칼로비치의 눈이 서늘하게 빛난다.

네트에서 알짱거리는 영석이 마음에 들지 않는 것이다.

"……."

무섭지 않은 것일까. 아까 비슷한 상황에서 자신은 등을 돌렸었다.

까드득―

칼로비치의 몸에서 일순, 강렬한 투지가 세어 나왔다.

"후욱, 후욱……."

한편, 심장에 이어 온몸이 떨리고 있는 공포를 느끼는 영석은 이를 앙다물고 집중력을 불태웠다.

―치이이이이…….

뇌가 타들어가는 소리가 들리는 듯하다.

"어어어어어어……?"

몇몇 관중들이 네트를 등지지 않는 영석을 향해 걱정을 보내기 시작했다.

포인트가 진행되고 있는 도중에 목소리를 내지 않아야 한다는 기본적인 에티켓조차 잊을 만큼 걱정이 되는 상황인 것이다.

휘릭―

칼로비치가 마치 캐치볼을 하듯 산뜻한 자세로 가볍게 팔을 휘두른다.

"……!!!"

콰아아앙! 타아앗!

자칫하면 자신이 맞을 수도 있는 그 순간, 영석은 번개가 내리치듯 오히려 앞으로 몸을 던지며 라켓을 앞으로 뻗었다. 용감했고, 섬뜩했다.

슬로모션으로 보는 공은, 잔영을 남기며 천천히, 그러나 빠르게 다가오고 있었다.

그리고…….

펑!

휙!

영석은 라켓을 공에 맞히는 것에 성공했다.

동시에, 영석의 라켓은 저 뒤로 튕겨져 날아갔다.

공은…….

쒜엑—

오픈 스페이스인 듀스 코트로 섬뜩한 소리를 내며 날아가고 있었다.

쿵!

"러브 포티!"

"꺄아아아아아아!!!"

웅웅—

거대한 소리의 해일이 영석을 뒤덮었다.

"……"

마음 같아서는 칼로비치를 노려본 상태로 호기롭게 '으아아아!! 컴온!!!'이라고 외치고 싶었지만, 머릿속이 하얗게 물들어 버렸다.

턱, 턱, 스으—

자신의 몸을 한 번씩 툭툭 건드려 이상을 확인한 영석이 멀리 떨어진 라켓을 주웠다.

"……"

라켓의 정가운데.

가로줄 두 개와 세로줄 한 개가 끊어져, 날카로운 끝을 외부로 뻗고 있었다.

'뭐, 라켓이야 더 있으니……'

영석은 심판에게 상황을 알리고 미련 없이 새 라켓을 비닐에서 꺼내었다.

짐짓 침착해 보이는, 참으로 차분한 태도였다.

하지만…….

덜덜덜덜—

영석은 온몸을 떨었다.

라켓을 잡고 있던 왼팔은 지진이 난 것처럼 진동했다.

고통과 설렘이 섞여 있는, 기분 좋은 떨림이었다.

* * *

슈퍼 플레이.

높은 수준에 오른 톱 플레이어들 간의 시합에서는 어지간해서 잘 볼 수 없는 장면이다.

둘 다 그런 틈을 서로에게 보이지 않기 때문이다.

그만큼 귀한(?) 이 슈퍼 플레이는 경기의 전개를 크게 변화시키기도 한다. 행한 선수, 당한 선수 모두의 기세가 달라지는 것이다.

5 : 5에서 나온, 단 한 포인트.

영석의 슈퍼 플레이 하나로 잔잔했던 경기의 흐름을 격류(激流)로 뒤바꾸었다. 특히나 영석은 틈이랄 게 없는 상황에서, 순전히 본인의 역량으로 상황을 극적으로 바꾸었기에 더욱더 화려하게 보였다.

강서버 간의 경기라 좋은 장면에 메말랐던 관중들에겐 가뭄에 단비가 되었고 말이다.

퉁, 퉁, 퉁, 퉁, 퉁······.

쿵, 쿵, 쿵······.

공을 튕기는데 어디선가 소리가 끼어든다.

관중들과 영석 자신의 심장이 뛰는 소리다. 박자가 맞을 리 없지만, 수가 많다 보니 박자가 맞는 것처럼 느껴지기도 했다.

"후우······."

열한 게임 만에 자신의 서브 게임을 브레이크당한 칼로비치를 네트 너머에 세워둔 영석은 끓어오르는 흥분을 한숨을 내쉼으로써 가라앉히고 1세트를 끝내기 위한 작업에 들어갔다.

휘릭— 쾅!!!

텅!

1세트 두 번째 게임 때와 변함이 없는, 한결같은 서브를 날렸지만, 칼로비치의 반응은 조금 무뎌졌다. 날카로워져야 할 순간임에도 말이다. 라켓 테두리에 맞은 공이 관중석으로 날아갔다.

"포티 러브(40 : 0)."

짝짝짝—

"……."

관중들의 박수 속에서 가볍게 한숨을 내쉬는 칼로비치의 모습을, 영석은 놓치지 않고 바라봤다.

'1세트는 포기했군.'

무적에 가까운, 자신의 서브 게임을 놓쳤고, 영석이 한 포인트만 얻으면 1세트가 끝나는 상황.

칼로비치가 1세트에 미련을 두지 않는 것은, 어찌 보면 당연한 일이었다.

'잘 받아 가마.'

휙—

토스를 올리는 영석의 눈에서, 이 기회에 숨통을 끊어놓고야 말겠다는 비정함이 유리알처럼 소름 끼치게 번득였다.

*　　　　*　　　　*

7 : 5.

1세트의 최종 스코어였다.

보기만 해도 숨 막히는, 게임 듀스까지 진행된 스코어.

하지만 체력적으로는 멀쩡했다.

'35분이라……'

스코어를 생각하면 소요된 시간 또한 무리 없었다.

다만, 묘수가 없다면 앞으로 이어질 2, 3, 4, 5세트도 이런 스코어를 답습할 수 있었다.

그것은 영석으로서도 정신적으로 상당히 지치는 일이다.

'초반에 잡아야 해.'

가급적이면 무실 세트로 3 : 0 승리를 일궈내는 것이 가장 좋았지만, 그렇지 않더라도 칼로비치에게 가급적 초반에 초조함을 심어주어야 했다.

하지만 문제가 하나 버티고 있었다.

'눈에 익고 말고 할 속도가 아니야……'

속도.

250km/h에 다다른 속도는 '절대성'을 가지고 있는 것같이 느껴졌다.

인간의 시력, 반사 신경 등을 아득히 초월하는 영역인 것이다.

'몸통으로 오는 건 어떻게든 쳐낼 수 있어. 그렇다면 문제는 센터랑 와이드인데……'

칼로비치가 어떤 안색으로 쉬고 있는지, 여유로운 관찰자가 되어 살피곤 하던 영석은 이 자리에 없었다. 승리를 얻기 위해서 궁리를 짜내는 선수 한 명이 앉아 있을 뿐이다.

'과연 대가답게 토스나 폼으로는 코스를 짐작하기 어려워.'

영석의 머릿속으로 1세트 내내 꽂혔던, 살인적인 칼로비치의 서브들이 떠올랐다.

그 영상들을 비교, 대조해 보는 작업을 해봤지만, 경기를 풀어나갈 수 있을 만큼의 발견은 없었다.

집중력을 끌어 올려 감각을 일깨워 경기 내내 세상을 느리게 보는 방법은 무리였다.

결승이면 몰라도, 1라운드에서 그런 만용을 부릴 수는 없다.

"후우……. 도박이군."

영석의 입 밖으로 한숨과 함께 최후의 방법론이 내뱉어졌다.

"……."

2세트를 시작하기 위해 선수들은 몸을 일으켰다. 칼로비치의 안색이 딱딱하게 굳어 있었다.

자신은 한 번도 브레이크를 못 하고, 외려 브레이크를 당한 것이 짜증이 난 모양이다.

파스락—

걸음을 걷자 잔디의 목이 꺾이며 푹신한 감각이 찌릿— 전해져 온다.

후웅—

한차례 미풍(微風)이 불어와 잔디의 향기를 전해왔다.

그렇게, 2세트가 시작되었다.

*   *   *

선수들이 유독 자주 움직이는 범위가 있다.

베이스라인, 그중에서도 듀스 코트와 애드 코트 부분이 유독 선수들이 많이 움직이는 곳인데, 잔디와 클레이에서는 그 부분의 색깔이 달라지게 마련이다. 흙과 잔디가 파이고 밟히는 것이다.

쾅!!

쾅!!

하지만 영석과 칼로비치의 경우는 달랐다.

코트에 깔린 잔디 대부분이 참으로 푸르게도 싱싱한 것이다.

대신, 각자가 서브를 시도하고, 리턴을 하기 위해 필요한 일부의 공간만이 색깔이 달랐다.

"서티 올(30 : 30)!"

심판의 선언과 함께 영석은 미간을 잔뜩 찌푸렸다.

'아직 압박을 안 받고 있나 보군……'

영석이 시도하고 있는 것은, 와이드와 센터 둘 중 하나의 코스를 찍고, 서브가 날아오면 의심 없이 그곳으로 팔을 휘두르는 작업이었다.

초반에 이 작전이 성공하면서 두 번의 리턴 에이스를 연달아 낼 때만 해도 영석은 이 전략의 유효함을 확신했다.

'전혀 영향을 안 받다니……'

그게 '찍기'라고 해도, 상대가 연속으로 두 번이나 완벽하게 코스를 읽어냈다 싶으면, 서버는 당황하게 마련이다. 와이드로 보낼 생각이었다가도, 한 번 더 생각할 수밖에 없는 처지에 놓이게 되는 것이다. 마치 가위바위보처럼 이상하면서도 답이 없는 심리전에 빠지게 되는 것이다.

하지만 칼로비치는 달랐다. 그에게 서브란 것은, 과장하자면 하나의 신앙과도 같은 거였다.

'그도 아니면, 날 단순한 표적판으로 보는 거겠지.'

상대가 어떤 반응을 보이든, 서브를 시도할 때만큼은 칼로비치에게 일절 잡념이 없었다.

그저 생각해 둔 곳으로 기계처럼 보낼 뿐이었다. 흔들림이 없기 때문에, 이번의 '도박 전략'은 1세트 때와 마찬가지로 별 실효를 거두지는 못했다.

칼로비치의 서브 게임을 흔들려고 하는 것은 무리라고 생각한 영석은 전략을 바꿨다.

'쉽게 이길 수 있는 방법은… 없다는 거지.'

쾅!!

영석의 서브가 터진다.

평소와 구속은 비슷하지만 코스가 조금 더 세밀하다.

마치 줄타기를 하는 광대처럼, 공이 아슬아슬하게 코스 위를 노리며 떨어진다.

쿵!

"피프틴 러브(15 : 0)!"

오늘의 스무 번째 서브 에이스가 터졌다.

"……."

차가운 기계 같던 칼로비치의 눈에, 드디어 짜증이라는 감정이 자리 잡기 시작했다.

'내 서브로 눌러야지… 별수 있나.'

하나하나, 차근차근히 몰아붙여야 승리라는 결실을 얻을 수 있다.

그 당연한 진리를, 영석은 2세트 중반인 지금에서야 새삼 깨달을 수 있었다.

＊　　　　　＊　　　　　＊

"이제야 끝이 보이는군……."

4세트.

볼키즈에게 타월을 받아 얼굴을 닦아낸 영석이 자그맣게 중얼거렸다. 들릴 듯, 들리지 않는 한숨이 중간중간 픽픽 새어 나왔다. 불길한 예감대로 게임이 길게 이어지고 있기 때문이다.

세트스코어 2 : 1.

여기까지 오는 데 기록한 양 선수의 서브 에이스는 도합 100개다. 영석이 48개, 칼로비치가 52개다. 칼로비치가 아직까지도 우세를 점하고 있는 것이다.

반대로 리턴 에이스는 10개 대 4개로 영석이 압도적인 숫자를 기록하고 있었다.

그리고 리턴 에이스에서의 차이는 그대로 브레이크로 연결되었다.

'브레이크 빈곤이야…….'

4세트인 지금까지 영석은 칼로비치의 서브 게임을 세 번 브레이크했고, 칼로비치는 한 번 브레이크에 성공했다. 4세트에 중반에 한 번 브레이크에 성공했으니, 3세트까지 영석의 브레이크는 단 두 번이었고, 칼로비치는 한 번이었다.

1세트에서의 믿기지 않는 슈퍼 플레이로 브레이크에 한 번 성공했고, 3세트에서는 칼로비치의 더블폴트가 딱 한 번 나온 게임을 잡고 늘어져 끝끝내 브레이크에 성공했다. 2세트에선 코스에 집착을 하던 영석이 더블폴트를 연속 두 번 쏟아내며 브레이크를 당했다.

'이게 진짜 서브전이구나.'

서브 게임이라 공기는 느슨했지만, 선수들이 느끼는 분위기는 소름이 돋을 만큼 첨예했다.

브레이크 개수가 곧 세트스코어로 직결이 되고 있는 것이다.

4세트 게임 스코어 5 : 4인 지금, 영석은 '진정한 의미의 서브전'을 겪으며 느끼는 것들이 컸다.

다재다능(多才多能)한 로딕과의 대전에서는 결코 느껴볼 수 없었던, 이상한 형식의 테니스였다.

'재미도 없고.'

쾅!!

흥미가 식어버린 영석의 눈이 차갑게 빛나며, 서브가 작렬했다.

쉭―

영석 개인의 감정과는 무관하게, 공은 여전히 위력적으로 뻗어나갔다.

펑!!

마음을 단단히 한 것인지, 칼로비치가 지금까지보다 기민하게 움직여 리턴에 성공했다.

"호오……."

영석의 눈이 다시 반짝거리기 시작했다.

한동안 굳어 있던 머릿속이 활발하게 움직이며 엔돌핀을 쏟아내기 시작했다.

'백핸드를 노리자. 14번.'

칼로비치의 리턴은 그리 훌륭한 편은 아니어서, 순간적으로 영석은 코트를 49분할하여 14번의 위치로 공을 보냈다.

바운드 후 바깥으로 빠져나가게끔 톱스핀을 잔뜩 먹였다. 잔디와는 어울리지 않는 선택이었지만, 칼로비치에게는 맞춤한 선택이다.

촤촤악!

긴 다리로 세 걸음 걸었을 뿐인데, 마침 빠져나가려는 공을 단숨에 품에 안아버린 칼로비치는 오른손을 왼쪽 어깨를 향해 들어 올리고는, 사선으로 내려쳤다.

퉁—

칼로비치의 선택은 슬라이스.

그리고 당연하다는 듯이 네트를 향해 돌진한다.

마치 투우처럼 저돌적이고, 맹목적이었다.

'거기서 슬라이스를 치는 것도 웃기지만… 도대체 이 안일한 공을 던져놓고 네트로 나오는 이유는 뭐지?'

이제는 거의 완벽하게 칼로비치를 파악한 영석은, 본인의 의도대로 흐름이 이어지고 있음에도 울컥 짜증이 솟았다.

경우에 따라 다르긴 하지만, 체공 시간이 긴 슬라이스를 보내고 네트로 나오는 것은 훌륭한 선택지는 아니었다. 적어도 지금 이 순간에는 말이다.

'…당할 이유가 없지.'

절대적인 서브에 이어, 압도적인 벽이 되어 네트로 돌진하는 칼로비치.

처음엔 놀라운 리치에 번번이 막히고 말았지만, 지금은 몇 개의 큰 구멍이 보인다.

"쓰읍……."

애드 코트로 사선을 그리며 날아온 공을 따라잡은 영석의 왼팔이 평소와는 다른 궤적으로 테이크백을 만든다.

슥—

자신의 머리 높이만큼 높게 라켓을 빼 든 영석이 물결이 치듯, 둥근 곡선을 그리며 공을 향해 라켓을 뿌렸다.

우득—

손목의 얇은 인대들이 불끈 솟아오르고…….

콰앙!!

잔뜩 짓눌린 공이 섬뜩한 타구음을 밀어내고 앞으로 쏘아진다.

휘익—

유려한 팔로 스윙까지 끝낸 영석이 자신의 어깨 너머로 공을 쏘아본다.

쉬식, 쉭!

"……!!!"

"우오오오!!!"

칼로비치가 굽혔던 무릎을 펴며 몸에 힘을 빼고 고개를 저었다.

관중들은 경탄을 하느라 환호를 잊었다.

쿵!

…네트를 위로 넘지 않고 왼쪽으로 빙 둘러 넘어간 공이 마법처럼 휘어져 들어가 라인 위에 찍혔기 때문이다.

"와아아아아!!!"

쿵! 쿵! 쿵!!

또 하나의 멋진 장면을 만들어낸 영석에게, 관중들이 환호를 보냄과 동시에 발을 굴러 거대한 울림을 만들어냈다.

그 거대한 소리는 영석의 승리를 축하하는 의미이기도 하다.

"게임 셋 매치 원 바이……."

"……."

양팔을 한차례 번쩍 들어 관중들에게 답례한 영석이 네트로 터덜터덜 걸어갔다.

'힘들다.'

세트스코어 3 : 1의 여유 있어 보이는 승리.

그러나 7 : 5, 5 : 7, 7 : 5, 6 : 4라는 스코어가 말해주듯, 결코 쉽지만은 않았던 1회전을 끝마친 영석의 표정이 아주 밝지만은 않았다.

'서브에서 지고, 게임에서 이겼… 군.'

개운하지 않은 마음을 대변하듯, 눌러쓴 모자가 땀으로 축축해져 있었다.

2003년 윔블던 1회전.

세계 최고의 서버를 가리는 대전에서, 영석은 칼로비치라는, 천외천(天外天)의 서브 경지를 보여준 강자를 물리치고 2회전에 진출하게 됐다.

Chapter 76

기지개 켜는 새로운 시대

승리 인터뷰, 팬 서비스 등… 한참 동안을 코트에서 못 나갔던 영석은 몸을 대충 씻고는 부스스한 트레이닝복 차림으로 밖을 향했다.

"고생하셨습니다."

"고마워요. 잠시만 이것 좀 부탁드릴게요."

역시나 가장 먼저 맞이하는 것은 강춘수였다.

영석은 자신에게 축하를 전해오는 강춘수에게 가방을 내밀었다.

슥—

"이것 좀 한번 봐봐요."

강춘수가 가방을 받아 들자, 영석이 상의를 훌러덩 벗고는, 어깨 부근을 살폈다.

겉보기에는 아무렇지 않았지만, 바늘로 콕콕 찌르는 듯한 고통이 계속되고 있었다.

"…혹시 아프신 겁니까?"

"……."

대답하지 않은 영석이 차분히 가슴 근육부터 등 근육까지 한 번씩 꾹꾹 눌러보았다.

그 얼굴이 사뭇 비장해서, 강춘수는 가방을 조용히 내려놓고는 영석의 등으로 접근했다. 그러곤 영석의 요청대로, 차분하게 영석의 어깨를 스캔하기 시작했다.

말이 에이전트지, 거의 선수에게 필요한 모든 업무를 소화해내는 강춘수는, 의사만큼은 아니지만, 부상 시의 증상들은 꿰고 있었다.

"일단, 외관상으로는 아무 이상이 없습니다만……."

"그렇죠?"

"움직이시는 것도, 자극을 느끼는 것도… 오히려 다행입니다."

사람의 몸에는 이름도 제대로 외우지 못할 근육들이 많다.

특정 종목을 전문으로 하는 스포츠 선수는, 일반적인 트레이닝으로는 단련할 수 없는 근육들을 사용하기도 한다.

테니스에서는 특히 관절 주변부를 중요하게 여겨진다.

부상을 예방하기 어려울뿐더러, 부상이 발생해도 치유하기 어렵기 때문이다.

프로 테니스 선수들 중 많은 이가 어깨나 팔꿈치에 부상을 달고 사는 것 또한 이상한 일이 아닌 것이다.

"제 생각에도 괜찮습니다. 일단, 점검은 해봐야 할 것 같아요."

자신의 몸을 진단한 영석이 안도의 한숨을 내쉬며 다시 옷을 입었다.

더욱 극단적으로 상체를 사용했던 휠체어 테니스 때의 경험을 기반으로 진단해 본 결과, 특별한 이상을 감지할 수는 없었다.

"모시겠습니다."

강춘수가 빠르게 영석의 모든 짐을 자신이 짊어지고 앞에서 인도했다.

그 발 빠른 모습에 영석이 싱거운 웃음을 보였다.

*   *   *

"별일 아니래?"

저녁 시간.

영석의 안부를 묻는 이재림의 목소리에서 걱정이 뚝뚝 묻어난다.

진희는 애써 담담한 척하고 있지만, 가늘게 떨리는 눈가를 숨길 수 없었다. 영석에게 시선이 가다가도 질끈 눈을 감곤 했다.

영석이 그런 둘의 모습을 보며 빙긋 웃고는 답했다.

"괜찮아. 스트레스가 평소보다 아주 조금 많았대. 아무래도 상대가 상대다 보니……."

"칼로비치! 그 인간 어땠어? 장난 아니던데."

괜찮다는 소리를 들은 이재림이 득달같이 영석에게 소감을 물었다.

"하늘 위에 하늘이 존재하고 있었지. 그래도 못 이길 정도는 아니었어."

"······."

딱히 오만하지도, 그렇다고 담담하지도 않은 영석의 말은 묘하게 자신감이 가득했다.

"안 다친 게 잘한 거지."

진희는 승패 따위야 관심이 없다는 듯, 영석의 안위부터 챙겼다.

이 말이 진희의 올곧은 진심이었다.

자신의 반쪽이 실력이 아닌, 그 외의 것으로 라켓을 쥐지 못하는 상황이 퍽 아팠던 기억으로 자리한 탓이다.

"그래그래. 너흰 어땠어?"

영석이 마치 한 무리의 대장처럼 대화를 이끌어간다.

진희가 선생님에게 호명받은 학생처럼 손을 척 들더니 크게 외친다.

"6 : 4, 6 : 3! 승리!"

1번 시드인 진희는 당연하다는 듯 승리를 선언했다. 당찬 목소리였지만, 시선이 저 멀리에 놓여 있었다.

"실제론 어땠는데?"

영석의 심층적인 질문에 잠시 움찔한 진희가 다소 힘 빠진 목소리로 답했다.

"역시······. 나한테도 잔디는 좀 그래. 다시 옛날로 돌아간 기분?"

"옛날이라······."

진희의 옛날이라 함은, 한 1, 2년 전 얘기일 것이다.

'일단은 서브에 반응하고, 그 후는 그때그때 상황을 봐서……'

거의 1, 2년 전이지만, 지금 생각해 보면 진희는 참으로 대책 없이 플레이를 펼쳤었다.

터치 감각을 발휘한 카운터로서의 역량을 발휘하고, 리턴 & 발리라는 난해한 전략을 시도하기도 했다.

그게 통용됐던 것은, 오로지 재능. 빛나는 그 이름 하나 때문일 것이다.

영석이 빙긋 웃자, 진희가 퉁퉁거리며 영석에게 묻는다.

"왜 웃어?"

"옛날이라고 하니까 웃겨서 그렇지."

영석이 진희의 머리를 쓰다듬는다.

그러고는 이재림을 향해 물었다.

군데군데가 빨갛게 부풀어 오른 입술이 눈을 아프게 찔러온다.

검기도 하고, 빨갛기도 한, 피딱지들이 장식처럼 입술 곳곳에 자리 잡고 있었다.

운석이 떨어진 크레이터처럼 울퉁불퉁하다.

"넌?"

"…졌지. 2 : 6, 1 : 6, 3 : 6."

"허……"

영석이 나직이 탄식을 터뜨린다.

어쩌면 이재림이 1회전에서 탈락할 수도 있다는 것은, 조심스럽게 예상했고, 각오한 바였지만 이처럼 크나큰 차이를 보이며 질지는 몰랐던 것이다.

"…누군데?"

진희도 마찬가지인 듯, 조용한 목소리로 물었다.

"페더러."

"……‼"

영석은 눈을 크게 뜨며 이재림을 바라봤다.

"잉? 그 사람이 그렇게 잘했었나? 영석이한테 졌던 선수 아니야?"

아무것도 모르는 진희가 말한다.

딱히 이재림을 비하하고자 하는 의미가 아니었다.

영석과 페더러가 붙었던 사실, 페더러라는 선수의 특징들을 파악한 이후 내린, 톱 플레이어로서의 판단이다.

말 그대로 순수한 의미에서 묻는 것으로, '그 선수가 너를 그 차이로 이길 정도라고?'라는 의미다.

"조심해, 영석아."

그런 진희의 마음을 아는 이재림은 별로 불쾌한 기색 없이 오히려 영석을 염려했다.

그사이에 놀란 기색을 가라앉힌 영석이 눈을 빛내며 물었다.

"왜 그렇게 생각해?"

영석은 미래를 알고 있다.

2003년 윔블던.

이 대회에서 메이저 대회 첫 우승을 하게 되며, 로저 페더러라는 테니스의 신(神)은 완벽한 각성을 이룬다. 나달이라는 혁명가가 없었다면, 1인 독재가 10년 가까이 이뤄졌을 것이다.

즉, 2003년 윔블던은 일종의 '스위치'였다. 황제와 혁명가, 그리고 그 뒤를 잇는 빅4의 태동을 알림과 동시에, 현대 테니스의 화려한 서막을 알리는 계기가 되는 스위치 말이다.

'모조리 다 내가 이길 거지만.'

순간적으로 영석의 가슴속에 투쟁심이 확 올라왔다.

하나둘 막강한 실력자들이 자신의 잠재력을 폭발시켜 자신과 대전할 거란 생각만 해도 상상도 못 할 극치(極致)의 쾌감이 정신을 마구 헤집는다. 그 짜릿한 쾌감은 실로 마약과도 같았다. 조금은 가라앉았던 어깨의 고통이 순식간에 사라지고, 켜켜이 먼지처럼 쌓여 있던 피로도 말소된다. 단지 그렇게 느끼는 것뿐이겠지만 말이다.

"……."

그리고 한편으로, 이재림이라는 한 명의 선수가 페더러를 범상치 않게 평가한 이유를 알고 싶다는, 엄청난 호기심 또한 생겼다.

"나, 되게 열심히 했어. 물론, 열심히 한 것과 잘한 것의 차이 정도는 나도 알아. 그럼에도 불구하고 최선을 다했어. 그건 하늘을 우러러 한 점의 거짓도 없어. 그리고… 난 졌지만, 납득이 됐어."

"납득?"

이재림의 동공이 탁— 풀리며 분위기가 기묘해진다.

아마 시합 장면을 상상하고 있는 것이리라.

＊　　　　＊　　　　＊

"헉, 헉……."

이재림의 낯빛이 희다 못해 푸르게 질려 있었다.

호흡이 어찌나 가빴는지, 귀가 막혀서 소리들이 뭉쳐서 고막을 때리고 있었다.

심장이 너무나 크게 뛰어 목구멍이 다 아팠다.

항거불능(抗拒不能).

이재림의 지금 상황은, 위의 네 글자로 표현이 되었다.

'뭐지? 왜지? 어떻게 하지?'

네트 너머에는, 끊임없이 자문을 하며 길을 찾으려하고 있는 이재림을 무감정한 눈으로 바라보고 있는 페더러가 있었다. 그 눈빛은, 횟감을 눈앞에 두고 칼을 갈고 있는 요리사의 그것이었다. 앞으로 자행될 일방적인 폭력에 대해 한 점의 인간성도 내비치지 않는 기색이다.

지금의 이재림은 그런 페더러의 눈빛에서 섬뜩함을 느낄 여유조차 갖고 있지 않았다.

펑!!

200km/h 정도의 느린(?) 서브.

그러나 마치 칼처럼 예리하고 날렵했다.

물리적으로 받을 수 있는 공이지만, 정신적으로는 연속으로 허점을 찔린다.

'왜 못 받지?'라는 생각이 계속해서 드는, 이상한 서브다.

펑!!

포핸드는 너무나 예리하고 날카로워서 숨을 턱턱 막히게 한다.

탄력이 기가 막혔다. 숙련된 무사가 2미터가 넘는 장도(長刀)를 깃털을 다루듯, 가볍게 휘두르는 것 같았다.

'찾아야 해. 내가 왜 이런 상황에 몰렸는지를.'

신체적인 능력, 공의 위력, 속도 등…….

모든 것을 비교해 봤을 때, 페더러는 영석보다 분명하게 한 수 아래였다.

영석과의 대전이 수차례나 있었던 이재림은 객관적으로 페더러의 실력을 인식할 수 있는 능력이 있었다.

ㅡ해볼 만하다.

자연스럽게 내려진 결론.

5세트 경기라면 최소 한 세트 정도는 따올 수 있을 정도의 차이다.

만약 클레이였다면, 자신이 이길 수 있다는 생각까지 할 정도.

그럼에도 페더러는 영석과 비슷한 아우라를 풍겼다.

절대자의 기세.

"훅, 훅……."

영석을 통해 세계 최정상 플레이의 세례를 듬뿍 받았던 이재림이었지만, 페더러는 종류가 다른 플레이를 보여줬다.

촤촤촤악ㅡ

몸을 놀리는 동작은 또 얼마나 아름다운가.

영석의 몸에 진희가 깃든 것처럼 유려하고 산뜻하다.

펑!

이윽고, 포인트를 뺏기게 되면 절로 고개를 끄덕이게 된다.

'당연하다'고 말이다.

이해는 못 하지만 납득은 되는, 이상한 감각에 온몸을 휘감긴 채, 이재림은 계속해서 저항을 시도했다.

"…왜 졌는지, 어째서 내가 그렇게 일방적으로 밀렸는지 시합 중에는 도저히 이해가 안 돼서 너무 열받았었어. 봐."

이재림이 입술을 삐죽 내민다.

얼마나 짓이겼는지, 입술에서 흘러나온 피가 잇몸 사이사이에 끼어 굳어 있었다.

"그런데, 시합이 끝나니까 알겠더라고. '아, 당연히 졌구나'라고."

이재림의 말에 진희는 고개를 갸웃할 뿐이었고, 영석은 고개를 끄덕였다.

그 감각을 알고 있고, 이해할 수 있었기 때문이다.

'시합 내내 페더러의 기세를 예민하게 읽었던 거지. 본인도 모르게 아등바등 저항을 해보다가 시합이 끝나고서야 실력 차이와 기세의 차이를 깨달은 거고. 이것도 다 그릇이 크니까 가능한 일이야.'

흔히 '신들렸다'고 말하는 상태의 선수를, 이재림은 만난 것이다.

그것도 지금 최고조에 달하고 있는 역사적인 선수를 상대로 말이다.

그 상태의 페더러는, 특히나 지금 20대 초중반의 나이인 그는, 전례가 없을 정도로 무적에 가까운 플레이어다.

그를 상대로 이재림이 뭔가를 느꼈다는 것 자체가 대단했다.

"넌 역시 자질이 있어."

영석은 앞뒤 말을 다 자르고 이재림을 격려했다.

영문을 모르겠다는 표정으로 진희까지 합심해 영석을 바라보았지만, 영석은 가타부타 말이 없었다.

"…뭐라는 건지는 모르겠다만, 아무튼 조심해. 그 인간… 보통이 아니었어."

"날 아직도 모르는 거야?"

영석이 능청맞게 어깨를 으쓱이며 반문하자 이재림이 피식 웃었다.

"네, 대천재님. 제가 모를 리가요. 아무튼, 형편없이 지고 말았지만, 난 괜찮아. 걱정 마. 남은 시즌이… 하드 코트였지? 1회전 탈락해서 시간도 널널하겠다… 훈련이나 하러 가련다."

"우리 시합은 안 보고?"

진희가 섭섭하다는 듯이 말했지만 이재림은 확고했다.

"나도 이제 자립해야지. 그럼 잘 자라."

그렇게 말하고는 몸을 일으킨 이재림은, 얼굴에 희미한 미소를 남겼다.

씁쓸하기도, 후련하기도 한 묘한 웃음.

그것은 달리 '성숙'을 나타내는 웃음이기도 했다.

*   *   *

'재림이가… 그렇게 느꼈단 말이지…….'

셋의 모임 이후, 영석은 자신의 안에 있던 무엇인가가 산뜻하게 깨졌음을 인식할 수 있었다.

굳이 언어로 표현하자면, '파스랑!' 하는 영롱한 소리였다.

'아직도 마르지는 않았나 보군.'

지금까지도 충분히 승부욕을 가졌고, 즐거운 시합도 몇 번이고 경험했다고 생각했다.

하지만 지금에 와서는 그때의 기억은 별거 아닌 걸로 여겨졌다.

호주 오픈의 애거시, 프랑스 오픈의 페레로… 쟁쟁한 선수지만, 지금처럼의 흥분을 주진 못했다. 그것이 영석에게 신선함을 주었다.

벌써 몇 승째인지 모를, 엄청난 연승 가도를 달리며 전 세계 스포츠 팬 전체의 관심을 받고 있는 영석은, 어느덧 치열하기보다 치열한 척하고, 즐기기보다 즐긴 척해서 스스로를 속여 넘기는 단계에까지 오게 되었음을 시인할 수밖에 없었다.

─권태를 겪고 있지만, 권태를 모르고 싶은 사람의 행태.

칼로비치와의 서브 대전에서도 느꼈던 바다. 하지만 이는 영석의 온전한 잘못은 아니다.

영석은 현재, 자신보다 위에 놓여 있는 선수가 없는 상태다. 앞으로도 있을지 없을지 장담할 수 없는 상황이다.

그런 선수가 끊임없이 향상심을 갖는다는 것. 그것은 상상 이상의 고행임이 틀림없다. 그 절대자의 고독(孤獨)을, 이제 두 번째 겪는 영석으로서는 더더욱 말이다.

'드디어 때가 왔지.'

하지만 그런 지루함과 권태로움은 끝이다.

페더러, 나달… 지금까지 몇 차례 만나 영석이 이기긴 했지만, 이제부터 테니스는 전혀 다른 영역의 것으로 변화를 맞이하게 될 것이다.

'빨리 너희의 최대치를 보여줘.'

찬란한 기록도 좋다.

어마어마한 호칭도 좋다.

그에 따른 부유함도 괜찮다.

그러나 그건 전생에도 이뤘던 것들이다.

지금의 영석이 기대하고 있는 것은 단 하나.

뛰고 싶고, 이윽고 날고 싶다는 그 희망을 실현하는 것.

바로 호적수(號笛手)의 등장이다.

*　　　　　*　　　　　*

'그래! 너도 있었지!'

QF(쿼터 파이널).

흰옷, 흰 모자.

모자를 푹 눌러쓴 영석과 아주 비슷한 차림의 선수가 네트 너머에 자리하자, 영석의 입이 즐거운 호선을 그린다.

Andy Roddick.

잔디 시즌을 맞이하여 본인의 능력을 유감없이 펼치고 있는 세계 최고의 서버 중 한 명이 QF라는 중요한 대목에서 영석을 기다리고 있는 것이다.

'각별한 놈.'

로딕에게 영석이 품고 있는 감정은 참으로 애틋했다.

함께 나이 먹어가는 학우(學友)를 보는 것 같은 느낌이다.

같은 아카데미 출신이기도 하지만, 테니스 선수로서의 알량한 자신감을 하나부터 열까지 철저하게 부숴준 상대라 그런지, 불쑥 솟는 호승심과 함께 반가움이 찾아온다.

'그 패배는 잊을 수가 없지. 아마, 죽을 때까지.'

로딕은, 영석이 처음으로 '실물'을 본 '영상' 속 주인공이기도 하다.

그래서 그런지, 한 번의 패배 이후, 만날 때마다 이기곤 있지만 늘 마음을 다잡게 된다.

"또 만났네."

로딕은 그 나름대로의 소회(所懷)가 있었는지, 영석을 보자 빙긋 웃으며 포옹을 해왔다.

"그러게. 오늘도 재밌게 시합하자."

땀내 나는 두 남정네는 그렇게 서로를 가볍게 안고는 마주 웃었다.

콰앙!!

쒜엑—

'이건 또 새롭군.'

칼로비치의 서브를 겪고 난 이후여서일까.

또 한 명의 세계 최고의 서버가 쏟아내는 서브는, 참으로 위력적으로 느껴졌다.

같은 것이지만, 다른 눈으로 이해하게 된 것이다.

'이거 내 서브가 제일 별로인 거 아냐?'

본인의 서브에 당해본 적이 없는 영석이 내심 고개를 저을 정도로, 로딕의 서브는 찬란했다.

쿵! 쉭!

탄력!

로딕의 서브는 탄력 그 자체였다.

발사되고 땅에 꽂히는 순간 '펑!' 하고 터지는 느낌의 칼로비치와는 달리, 로딕은 이리저리 정신없이 반사되는 총알처럼 종잡을 수 없었고, 위험했다.

펑!

'그러나 못 칠 정도는 아니란 말이지. 특히 네 서브는.'

어릴 때의 패배가 너무나 충격적이었던 것일까. 그도 아니면, 로딕을 대하는 영석의 자세 때문일까.

보기에는 급박해 보였지만, 실제론 제법 여유가 있었던 영석은 팔을 쭉 뻗어 로딕의 서브에 손을 대고는 네트 너머를 차갑게 훑었다.

로딕은 베이스라인에 머물며 차분한 신색을 유지하고 있었다.

'좋군.'

과연 로딕은 전천후 플레이어였다.

칼로비치처럼 기계적으로, 무작정 발리를 나오는 것이 아닌, '테니스' 그 자체를 종합적으로 이해하고 있다는 것이 여실히 느껴졌다.

"아니면… 학습 효과가 있는 것일지도."

영석과의 대전은 영석이 그렇듯, 로딕에게도 화인(火印)으로 남아 있을 수 있다. 다른 선수와의 대전과는 접근부터가 다를 수 있다는 가능성도 컸다.

펑!

펑!

그렇게 베이스라인에서 한 차례씩 공을 나눈 두 선수는 먹잇

감을 노려보는 맹수처럼 서로를 바라봤다.

발리를 나갈 타이밍을 재는 것이다.

펑!!

깔끔하면서도 호쾌한, 그리고 강력하기까지 한 로딕의 포핸드가 터진다.

쾅!!

영석 또한, 날카로우면서 섬뜩한 느낌의 투핸드 백핸드를 펼쳐 응수한다.

'…아직……. 지금!!!'

공이 네트를 넘어가고, 바운드되고 튀어 오르는 시점.

과격한 공에 비하면 유독 차갑게 느껴질 정도로 정적이던 분위기에 급격한 변화가 생겼다.

영석이 느닷없이 몸을 튕긴 것이다.

칼로비치와의 대결에서 몇 번 재미를 봤던 전략.

'상대의 라켓에 공이 닿기 직전, 몸을 던진다'는 전략이 로딕을 상대로도 펼쳐진 것이다.

쉬식— 쉭—

바람이 영석의 뺨을 사납게 할퀴기 시작한다.

'너는… 내가 이럴 수 있는 능력이 있다는 걸 알고 있겠지.'

2초도 안 되는 짧은 시간.

베이스라인에서 네트 근처까지 다다르기엔 충분한 시간이었다.

달리는 도중, 영석의 뇌리 속으로 로딕의 행동을 예측하기 위한 다양한 방법론이 떠오르고 있었다.

'보통의 선수라면, 몸에 각인이 됐던 만큼, 반사적으로 패싱이

나오겠지. 스트레이트냐 크로스냐 양자택일의 문제만 남아 있을 거야. 내가 이 타이밍에 나온 이상, 선택을 도중에 바꾸지는 못할 거고.'

달리고 있는 그 짧은 시간 동안 실제보다 더 실제 같은, 엄청난 시뮬레이션이 영석의 머릿속에서 펼쳐진다.

좌아악―

그리고 영석은 돌연 다리를 멈추고는 등을 돌리며 다시 베이스라인으로 뛰었다.

'…너는 로브지.'

펑!

마침, 영석의 귓가에 미약한 타구음이 아련히 들려왔다.

'테니스를 잘하는 선수는… 이래서 재밌다니까.'

로딕에게 등을 보이고 전력 질주를 하고 있는 영석의 얼굴에 호기로운 미소가 감돌았다.

*　　　　　*　　　　　*

"역시나, 너희 둘은 정말 대단해. 아니, 위대해!"

박정훈은 연신 웃음을 지으며 아직도 런던에 남아 있는 영석과 진희를 거푸 칭찬했다.

말없이 뒤에 서 있는 최영태도 내심 흐뭇한지 미소를 숨기지 못했다.

대단함과 놀라움도 감정인 이상 언젠가는 마모되게 마련이지만, 영석과 진희가 보이는 성과는 늘 처음처럼 기쁜 마음을 만들어졌다.

"피……. 난 떨어졌는데요, 뭘."

진희가 볼멘소리를 했다.

세미파이널에서 쥐스틴 에냉에게 패배하고 만 진희는 경기가 끝나고 코트 위에선 의연한 모습을 보였다. 쥐스틴 에냉과 격한(?) 포옹을 하고는 승리를 축하한다는 인사까지 건넨 것이다.

하지만 일행끼리 모여 있을 때는 연거푸 한숨을 쉬었었다.

얼마 전에 프랑스 오픈에서 에냉을 이기고 우승했던 기억이 난 것이다.

바로 얼마 전에 이겼었고, 그 전에도 계속 이겼었던 선수에게 당한 패배는, 잔디라는 변명거리가 있었음에도 불구하고 큰 실망으로 다가왔다.

―내년엔 어림도 없어. 올라운더가 될 테다.

하지만… 성숙한 것은 이재림뿐만은 아니었는지, 진희는 눈물을 보이는 대신 이를 악물고 설욕을 다짐했다.

조금의 여유를 가질 수 있게 된 것이다. 그것만으로도 진희는 한차례 성장을 할 수 있었다. 성장이란, 승리에서만 찾을 수 있는 게 아니니 말이다.

"그래도, 자신과 잘 맞지 않는 코트에서 4강까지 진출한 거는 정말 대단한 일이야. 애써 위로해 주려는 것도 아니고 진심으로 하는 말이야. 진희 선수는 분명 역사적인, 최고의 WTA 선수가 될 거야. 내기해도 좋아. 슈테피 그라프라는 이름도, 진희 네 앞에서는 빛을 바랠 거야."

박정훈이 정색하고 진희를 격려한다.

그의 눈에는 반드시 자신의 말대로 될 거라는, 일종의 맹신(盲信)이 엿보였다.

진희는 주춤거리며 고개를 끄덕였다.

"......"

영석은 멀거니 앉아 고개를 끄덕이고만 있었다.

어느새 영석은 대전표에 혼자 이름을 남기게 됐다.

1회전에서 탈락한 이재림, 세미파이널에서 탈락한 진희, 2회전에서 탈락하고 자취를 감춘 이형택까지……

한국인으로는 유일하게 남아 있는 영석은, 박정훈의 초롱초롱한 눈빛이 너무나 따갑게 느껴졌다.

"나머지 선수들은 차치하고, 영석 선수가 이 윔블던에서 칼로비치와 로딕을 고꾸라뜨렸다는 게 너무나 기뻐. 명실공히 '세계 최고의 서버'가 된 거잖아."

"세계 최고의 서버는… 아마 다른 기록으로 재단하지 않을까요? 에이스나, 서브 게임 승률이나……. 제가 그 둘보다 다른 걸 잘하는 거지, 서브를 잘하는 건 아니에요."

영석이 머리를 긁적이며 박정훈의 공치사에 답했다.

하지만 박정훈의 높아진 텐션은 이를 윤허하지(?) 않았다.

"아냐 아냐, 영석 선수가 최고야! 결승전도 말끔하게 운영해서 우승하자!"

"아이고, 내가 박 기자님 때문에 못살아……."

영석이 살포시 웃으며 답했다.

"으잉? 자신 없는 거야?"

박정훈이 대번에 능청맞게 웃으며 장난스러운 도발을 던졌다.

"자신은 늘 있습니다. 기대해 주세요. 어디서도 못 볼, 그런 경기가 나올 겁니다."

장난스러운 듯, 진지하기도 한 영석의 대답은 지금까지의 대답과는 조금 달랐다. 실실 웃고 있는 영석이 뿜어내고 있는, 종류가 다른 긴장감에 일행 모두도 긴장감을 높였다.

"…코치로서, 스승으로서, 네 보호자로서 이런 말을 하는 게 조금 웃기지만… 난 이제 네가 지는 것을 상상하지 못하겠다."

말수가 적은 최영태가 드물게 영석을 극찬하고 나섰다.

긴장한 것 같은 제자에게 보내는 응원이다.

그 배려를 인지한 영석은 씩 웃었다.

"아들, 잘 다녀와."

한민지가 마치 등교하는 자식을 배웅하듯, 일상적인 느낌으로 영석에게 말했다.

한쪽으로 기울다가 다시금 균형을 찾아가는 분위기에, 한민지가 얹어놓은 추는 헐렁함 쪽으로 시소가 기울여지게끔 만들었다. 팽팽한 대기의 긴장이 탁— 풀리고 안온한 공기가 되었다.

"…엄마, 아빠, 이모. 한 달 만에 이렇게 또 휴가 써도 되는 거예요?"

결승전이 되자 어김없이 런던까지 날아온 한민지, 이현우, 최영애를 향해 영석이 어이가 없다는 듯 물었다. 상식적으로 말이 되지 않아서 몇 번이고 묻게 된다.

"얘는. 어제도 물어놓고선……. 괜찮아. 뭐 정 안 되면 난 다 때려치우고 아들 따라다니면서 세계 여행이나 해야지. 네 아빠가 열심히 일할 거다. 매니저 안 필요해?"

"어어어? 내가 왜? 능력은 당신이 더 있으면서. 남자가 바깥일을 해야 한다는 편견을 버려! 아무래도 내가 따라다니는 게 낫겠어. 내가 요리도 더 잘하잖아. 당신이 영양에 대한 지식이 있나? 없지? 나 사직서 쓴다?"

"…풋. 의사 앞에서 잘들 논다. 영석아, 따라다니면서 메디컬 케어 해줄게. 이모는 어때? 연봉도 싸게 할게."

셋은 영석을 앞에 두고 아웅다웅 말다툼을 해댔다.

필시 영석의 긴장감을 풀어주려는 것일 테지만, 어째 나이가 들수록 더욱 아이 같아지는 모습이다.

그 모습이 너무나 사랑스러웠던 영석은 세 명을 한 번씩 와락—안았다.

"다녀올게요."

차갑게 들끓는 긴장감이 사르르 녹고, 평소의 느낌을 되찾은 영석이 빙긋 웃는다.

그러고는, 어떤 모습일지 너무나 상상이 잘되지만, 한편으론 너무나 궁금한… 페더러가 기다리고 있는 결승 무대를 향해 힘차게 걸음을 옮겼다.

Chapter 77
푸른 잔디는 누구의 것인가

국내 시장에서 외국 기업보다 자국 기업의 활동이 부진한 현상, 또는 시장을 개방한 이후 국내 시장을 외국계 자금이 대부분 차지하는 현상.

이를 '윔블던 효과'라고 한다.

어째서 '현상'이라는 단어를 두고, '어떤 목적을 지닌 행위에 의하여 드러나는 보람이나 좋은 결과'라는 의미의 '효과'를 쓰는지는 모르겠지만, '윔블던 효과'라는 단어는 분야를 막론하고 다양하게 쓰이고 있다.

이를 보면 영국 선수가 영국 대회인 윔블던에서 우승을 얼마나 못 했는지 알 수 있다.

그리고 2003년 7월 6일.

윔블던의 센터 코트에는 한국 국적의 선수와 스위스 국적의 선수가 '윔블던 효과'를 다시금 보여주며 몸을 풀고 있었다.

'확실히 다르구나.'

코트에 들어선 이후의 첫 느낌은, 무척이나 신기했다.

귀족은 물론이고, 왕족까지도 경기를 관람하기 위해 관중석 한편을 차지하고 있었고, 배우, 운동선수 등… 저명한 인사들 또한 여기저기 앉아 있었다.

테니스 외엔 거의 아무것도 관심사가 없는 영석도 알아볼 수 있는 사람들도 꽤 많았다.

ㅡ최고의 권위.

윔블던은 테니스 라켓을 쥐는 순간부터 지향점이 된다. 그렇다면, 그 '권위'는 도대체 어디서 근원하는 것일까.

'다른 걸 다 떠나서, 관중들이 코트를 바라보는 시선이 달라.'

선수에게 '규제'를 가하고, 관중들에겐 '격식'을 요구하는 윔블던은, 선수뿐 아니라 관중들의 의상에도 많은 신경을 기울인다.

자연스럽게 관람 에티켓 또한 '자율'의 영역을 벗어나 '의무'의 영역으로 기울어 있다.

규제, 격식, 의무…….

딱딱하고 엄중한 이러한 요소들을, 시대가 흘러도 비교적 잘 유지하고 있는 것이 '품격'을 잉태하게 되었다. 다원주의, 자유주의가 대부분인 리버럴한 글로벌 시대에 말이다.

펑!

'휠체어 때와는 다르군……'이라는 생각을 하는 것도 잠시, 극상(極上)의 타구음이 터진다.

솜털이 비죽 서는 것을 느낀 영석은 동공을 또렷이 하고 네트 너머를 살폈다.

거기에, 그가, 염원하던 모습에 한없이 가까워진 그가 있었다.

'페더러······.'

긴 머리를 한데 묶고, 고슴도치 같은 수염을 턱에 늘어놓은, 여전히 산적 같은 모습의 페더러는 눈빛을 형형하게 빛내고 있었다.

외양은 허접했지만, 그 눈빛만큼은 영석에게 익숙하고도 익숙했다. 영상으로 수없이 봐서 익숙해질 대로 익숙해진 '절대자의 눈'이었던 것이다.

'감히 지금 그런 눈을 할 수 있다니··· 배포 하나는 크구나.'

그 눈빛을 접한 영석의 마음이 화로처럼 불타올랐다.

승리가 켜켜이 쌓여 자연스럽게 만들어진, 위압감에 가까운 위세(威勢)가 영석에게서 뻗어나가 센터 코트에 자리한 모든 이의 어깨를 강하게 짓누른다.

종목보다 위에 있던 윔블던의 격이, 한 선수가 발하는 기세로 인해 삽시간에 끌어내려진다. 그리고 모든 이의 시선이 단 두 명의 선수에게로 집중되었다.

"······."

"······."

그렇게 역사적인 대결은, 눈빛이 뒤섞이며 서서히 달궈지기 시작했다.

*   *   *

2010년대를 살고 있는 테니스 팬에게 하나의 질문을 한다고 가정해 보자.

─페더러가 가장 강한 코트는 어디입니까?

많은 이가 이렇게 답할 것이다.

"클레이 빼고 다 잘한다."

선수와 선수 사이의 드라마를 좋아하는 팬들은 이렇게 답할 것이다.

"코트가 아니라, 나달을 안 만나야 한다. 조코비치가 조금 더 빨리 각성해서 나달을 견제했다면 페더러는 17회가 아니라 20회도……."

조금 더 심층적으로 정보들을 꿰고 있는 팬들은 이렇게 답한다.

"인도어(실내)에서의 승률이 제일 높다."

하지만 결국엔 이구동성(異口同聲)으로 이렇게 답할 것이다.

"윔블던."

'윔블던.'

그 생각은 영석도 가지고 있었다.

열일곱 번의 메이저 우승에서 무려 일곱 번을 윔블던에서 우승했다.

2003년부터 2007년까지는 5년 연속 우승을 했다.

그것만으로, 그는 신화적인 선수가 될 수 있었다.

'과연, 나는 얼마만큼이나 역사를 바꾸고 있을까.'

불현듯, 하나의 의문이 영석의 뇌리를 스쳐 지나갔다.

만 18세의 나이에 메이저 우승 2회, 1, 2분기 무패……. 수많은 역사들이 영석으로 인해 일그러져 있었다.

이미 세계 랭킹을 비롯하여, 테니스계의 판도를 바꾸고 있는 것이다.

아마, 영석 본인도 모르고 있는 기록들이 영석의 이름으로 갈 아치워지고 있을 것이다.

'그리고… 과연 넌 나를 감당해 내고 '원래'의 역사를 지켜낼 수 있을까.'

많은 생각을 하고 있는 영석의 눈이 허공을 핑글 돌고 있는 동전을 향해 있었다.

탁—

앞면이 나왔다.

영석의 서브권이다.

살벌한 미소가 영석의 얼굴을 장악한다.

"Good luck."

"……."

페더러는 딱딱한 안색으로 영석의 시선을 피하지 않고 받아내 었다.

콰앙!!

대포가 총알의 속도로 날아가는 것처럼, 보는 순간 얼어붙고, 도저히 항거할 수 없을 것 같은 영석의 첫 서브가 날아든다.

반응은커녕, 눈으로 확인조차 불가능할 것 같은 영역의 서브.

하지만 페더러는 절정의 반사 신경을 보여줬다.

팡!

움찔 몸을 떨더니 용케 팔을 뻗어낸 것이다.

그것은 '눈으로 확인하고 팔을 뻗어낸 것'이 아닌, 보다 고차원적인 영역에서의 '반응'이었다.

쉬리리리리릭—

공이 붕— 떠서 네트를 넘어왔다.

창졸지간에 벌인 반응치고는, 매우 훌륭한 리턴이었지만… 영석은 이미 네트 앞에 도달해 있었다.

펑!!

쉬익—

공이 애드 코트를 향해 깔끔하게 들어간다.

일체의 군더더기가 없이 자연스러운 흐름은, 절제미까지 느껴지게끔 했다.

"피프틴 러브(15 : 0)."

다음 서브를 위해 애드 코트로 걸어가며, 영석은 고개를 끄덕였다.

하나의 포인트로 지금 페더러의 상태를 유추한 것이다.

'말도 안 되는 반사 신경과 천성적인 센스. 그래, 이게 페더러지.'

쾅!!!

애드 코트에서의 두 번째 서브를 날리는 영석의 얼굴이 귀신처럼 들떠 있었다.

"호."

기대만큼의 서브 에이스를 기록한 것은 아니었지만, 영석은 무난하게 첫 번째 서브 게임을 킵하고, 페더러의 서브 게임을 맞이했다.

그리고 새삼 이 선수가 얼마나 센스가 있는지 깨달을 수 있었다.

'빠른 건 아냐.'

속도는 190~215㎞/h사이로, 칼로비치나 로딕, 영석에 비하면 형편없는 속력이었다.

다만, 이상하게 날카롭고 이상하게 탄력적이었다. 그것만큼은 독보적이어서 영석도 혀를 내두를 정도였다.

'그리고 허를 잘 찔러.'

머리가 좋은 건지, 센스가 좋은 건지… 페더러는 가끔 영석이 전혀 반응할 수 없는 코스로 보낼 때가 있었다.

가령, 코트를 100분할한다고 하면, 22번이나 32번 정도의, 짧게 떨어지는 서브를 경우에 맞게 잘 섞어서 쓰는 것이다.

페더러에게 서브란, 그라운드 스트로크와 비슷한 영역에서의 요소일 것이다.

'아마 코스고 뭐고 다 무시하면 230㎞/h까지도 칠 수는 있겠지. 그리고 속도의 폭도 넓어.'

마치 야구의 직구—체인지업 조합처럼, 페더러의 플랫 서브는 '알고도 당할 수밖에 없는' 경우를 자주 만들어낸다.

'확실히 재림이는 힘들 수도 있겠어. 하지만……'

콰앙!!

우측으로 길게 다리를 찢은 영석이 몸이 멈추기도 전에 양팔을 휘둘렀다.

'난 리턴을 잘해. 아주. 잘.'

영석이 몸을 편안하게 세우고 숨을 내쉬었다. 눈은 빠르게 공을 좇고 있었다.

쿵—

코스는 오픈 스페이스를 노려서 스트레이트.

허를 찌르는 서브였지만, 영석의 반응을 넘어설 정도는 아니었다.

"러브 피프틴(0 : 15)."

슥—

종아리에 붙은 잔디 조각을 살며시 떼어낸 영석이 빙긋 웃었다.

"서브로 날 어떻게 할 생각은 버려야 할 거야."

들리지 않을 텐데 군이 입 밖으로 말을 꺼낸다. 스스로에게 자신감을 한껏 불어넣는 것이다.

쾅!

'멋지군.'

단 한 개의 리턴 에이스였을 뿐이다.

페더러는 그 한 개를 겪고 나서 영석에게 당한, 뼈아픈 패배를 상기했는지, 전략을 바로 바꿔 버렸다.

전적이 있다고 하더라도, 훌륭한 판단력이 아닐 수 없었다.

그리고 이어진 것은… '랠리전'이다.

'리턴을 하기엔 쉬워졌지만, 리턴 에이스를 노리기엔 어려워진 코스… 란 것이 있었군.'

자신의 앞에 뚝 떨어진 공을 맞이한 영석이 헛웃음을 흘렸다.

명확히 어느 지점을 노리고 서브를 하는 것이 아닌, 그때그때 영석이 자리한 위치, 자신이 서 있는 위치, 풍향 및 풍속, 방금 전에 보냈던 코스 등을 계산하고는 가장 적절하다고 판단하는 위치에 공을 정확히 보내는 서브다.

그것은 훈련의 영역이 아닌, 감각의 영역에 들어선 서브였다.

펑!

페더러의 의도를 빤히 알고 있는 상황, 하지만 영석은 가능한 깊은 리턴으로 응수하는 수밖에 없었다.

'와라.'

탓, 타탓, 탓!

오픈 스페이스인 애드 코트를 향해 영석이 보낸 리턴.

페더러는 스플릿 스텝을 밟고 말 그대로 '깃털처럼' 몸을 사뿐 사뿐 옮겼다.

영석은 절로 나오는 감탄을 막을 수 없었다.

눈앞에 보이는 페더러의 모습은, 영석이 알게 모르게 꿈꿔왔던 '이상적인 몸놀림'이었기 때문이다.

'…확실히, 오늘이 날은 날이군. 저번하고는 차원이 달라.'

영석에게 유리한 것이 있다면, 닳고 닳을 때까지 페더러의 영상을 보면서 절로 습득했던 '통찰력'이다.

'넌 결코 거기서 백핸드를 치지 않아. 인사이드─아웃으로 치겠지.'

너무나 여유롭게 움직이고 있을 뿐이지, 페더러의 스텝은 효율적이고 빠르기로 정평이 나 있었다.

백핸드로 처리하는 것이 보통인 상황.

페더러는 공의 근처에 이르러서 잔영을 남기고 사라지듯 발을 놀렸다.

그 장면을 캐치한 영석은, 있는 힘껏 좌측으로 달리기 시작했다.

펑!!!

페더러의 몸이 공중에서 부드럽게 유영하며 라켓이 실로 아름다운 궤적을 그린다.

단지 점프샷일 뿐인데, 페더러가 하면 뭔가 대단해 보인다.

마치 조던이 평범한 덩크를 꽂아도 유독 아름다워 보이는 것처럼 말이다.

공중에 머무르는 시간, 즉 체공 시간이 다른 선수들에 비해 길고, 몸의 균형을 잡는 감각이 탁월하기 때문이다.

쉬, 쉬익—

치는 사람을 기준으로 했을 때, 1시 방향으로 공이 쭉 뻗어나간다. 빠르고 날카로우며, 부드러운 공이다.

"크윽!"

공간을 접고 공이 짓쳐들어온다.

분명히 예상을 했음에도 불구하고, 받아내기 버겁다.

펑!!

가까스로 공을 받아낸 영석은 이를 악물고 네트를 향해 뛰어갔다.

받아낸 공은 네트를 훌쩍 넘어 베이스라인 센터마크 근처를 향해 날아가고 있었다.

'오른손잡이였으면 바로 먹혔겠어.'

영석의 좌측은 포핸드의 영역이기 때문에, 몸을 돌려야 하는 백핸드에 비해 시간적인 여유가 있었다.

그럼에도 영석이 네트를 향해 뛰어간 것은, 빈 공간이 너무나 훤하게 열렸기 때문이다.

대각선으로 뛰어가 그 공간을 최대한 좁히려는 것이 영석의 판단이다.

슥, 슥!

잔디가 잔혹하게 짓밟히며 영석이라는 거구의 발 구름에 괴로워했다.

쉬이이익—

바람이 귓가를 스치며 길게 비명을 늘어놓는다.

그리고 페더러의 라켓이 바람의 결을 잘라낸다.

쉭— 펑!!

타구음이 터지고, 일순간에 공기가 쩍— 갈라지며 가벼운 미풍이 몰아친다.

'또?'

촤악!

움찔!!

"큭!!"

휙—

페더러의 선택은 또다시 인사이드—아웃.

급하게 몸을 멈춘 영석은 역동작으로 인해 몸에 부하가 걸리자, 냅다 공중으로 다이빙을 했다.

팡!!

탓!

쭉 뻗은 라켓에 공이 걸리자, 영석은 재빠르게 땅을 짚고 일어나려 했다.

펑!

하지만 페더러가 이미 네트 앞까지 와서 산뜻하게 발리로 공을 처리해 냈다.

"서티 피프티(30 : 15)!"

심판의 선언이 울리고, 페더러와 영석은 잠깐이지만 눈을 마주쳤다.

페더러는 도전적으로 영석을 내려다봤고, 영석은 오연하게 페더러를 올려다보았다.

"……."

"……."

영원 같은 찰나는, 영석이 몸을 일으킬 때까지 이어졌다.

획―

그리고 두 선수는 몸을 돌려 제각기 베이스라인을 향해 덤덤하게 걸음을 옮겼다.

*   *   *

한계(限界).

이 단어보다 사람들에게 강렬한 파동을 전달하는 것이 있을까.

때로는 아득한 절망감을, 때로는 불타는 도전 의식을 잉태하는 이 단어는, 윔블던 센터 코트에 자리하고 있는 두 선수와는 아무런 연관이 없어 보였다.

둘 모두 그런 인간성(人間性)을 저 멀리 두고 있는 까닭이다.

쾅!!

영석이 쏘아낸 공이 깔끔한 직선을 그리며 코트로 꽂혔다.

퉁─

한 번 바운드된 공은 미끄러지듯 쭉 뻗어갔다.

궤도가 낮아서인지, 바운드 후가 더 빠른 것 같은 착각이 들 정도다.

펑!!

그 공을 나풀나풀 잘도 따라붙은 페더러가 무심한 얼굴로 채 찍처럼 팔을 휘두른다.

"……"

몸을 바쁘게 놀리면서도, 영석은 무심코 그 모습을 홀린 듯 아련한 눈으로 바라봤다.

'점점 세련되어지는군.'

회자인구(膾炙人口).

결점이 없는 영석의 플레이는 이미 정평이 나 있는 상황이다.

퍼포먼스에 약하고 동양인이라는 특징이 영석의 대중성을 흐 릿하게 만들지만, 알 만한 사람들은 이미 영석을 '앞으로 10년은 테니스계를 이끌, 무결점 플레이어'로 말하길 주저하지 않는다.

무결점.

공격적인 성향이 다분한 선수에게 내려진 평가치고는 너무나 황홀한 평가다.

그리고 그런 영석을 잔디에서 상대한다는 것은, 숨 쉴 틈조차 없다는 것을 뜻한다.

제멋대로 들쭉날쭉한 페이스 조절, 견고하면서도 빠르고, 회전이 거의 없는 그라운드 스트로크, 큰 덩치를 목화씨처럼 살랑거리게 만드는 최고의 발, 이견의 여지가 없는 최고의 서브까지…….

대부분의 선수는 한없이 몰아치는 영석의 공세를 버티지 못하고 백기를 들고 만다.

영석을 상대로 자신의 페이스를 유지할 수 없는 것이다.

만약, 자신의 페이스를 유지하는 것이 가능하다면, 그 선수는 일류의 플레이어로 봐도 손색이 없다.

하지만 페더러는 특별했다.

'저 인간은… 환골탈태(換骨奪胎)를 하고 있어.'

페더러는 여타의 선수들과는 달랐다. 그리고 예전의 페더러 자신과도 달랐다.

조금 더 효율적으로, 조금 더 간결하게, 조금 더 영리하게…….

도대체 몇 번을 진화하는지 모를, 페더러의 엄청난 변화는, 마치 번데기에서 젖은 날개를 끙끙대며 꺼내 이윽고 훨훨 날아가 버리는 나비를 연상케 했다. 그만큼 극적이고, 경외심이 생기는 변화였다.

페더러 본인은 그런 자신의 변화를 의식하고 있을까.

영석은 고개를 절레절레 저었다.

'저 눈깔로 무슨…….'

동공이 얼마나 또렷한지, 네트 너머에 있는 영석의 눈으로도 선연하게 확인할 수 있었다.

분명히 공을 보고 있는 것은 알겠는데, 또 다르게 보면 어딘가 먼 곳을 또렷하게 응시하는 것 같기도 하다.

스르르—

그 눈과 눈을 마주치면, 스스로의 의지와는 상관없이 온몸의 솜털이 일어난다.

유리알처럼 반들거리는 눈은 도대체 무엇을 담고 있는지, 한없이 깊고 또 깊었다.

쾅!!

페더러의 눈에서 시선을 거두고 품 안에 들어온 공을 주시한 영석이, 양손을 간결하게 휘둘렀다.

공은 온 것보다도 배는 빠르게 되돌아갔다.

듀스 코트 방향의 짧게 떨어지는 코스.

날카롭기 그지없어서, 틀림없이 페더러가 궁지에 몰리게 될 거란 확신을 하게 되는 공이었다.

하지만…….

펑!!

페더러는 아무렇지 않은 얼굴로, 여유 있게 공을 쫓아가 팔을 휘둘렀다.

마찬가지로 영석의 듀스 코트로 짧게 떨어지는 좋은 공이었다.

촤촤앗!!

영석이 재빠르게 뛰어갔다.

선수들이 서로에게 크로스로 공을 짧게 떨어뜨리는 것은, 상대가 먼저 스트레이트로 치길 기다리는 계산이 내포되어 있다. 그리고 그 순간을 강하게 인식하고 있다. 많은 경우, 크로스 싸움을 하다가 스트레이트로 공이 넘어오면, 그 공을 기다리는 선수가 공격의 주도권을 쥐는 것이기 때문이다.

'그렇게 둘 수야 없지.'

촤악―

펑!

다리를 길게 찢은 영석이 공을 기어코 크로스로 보냈다.

오히려 더 짧게, 그리고 더 각도가 크게 벌어졌다.

쿵!

페더러는 그 공을 그냥 보낼 수밖에 없었다.

"서티 올(30 : 30)."

포인트를 땄지만, 왜인지 차분한 마음은 일말의 요동조차 일지 않았다.

"……."

영석은 모르고 있었지만, 그 순간 비인(非人)의 눈을 하고 있는 것은, 페더러뿐만이 아니었다.

*   *   *

콰앙!!!

관중들이 유독 '에티켓'을 중요시해서일까.

그 어느 메이저 대회의 결승전보다 고요한 윔블던 센터 코트는, 소리가 쩡쩡 쪼개지며 멀리 날아가는 특징이 있다.

영석의 서브는 듣기만 해도 옹어리진 가슴을 확 풀어주는, 격렬한 타구음을 뿜어냈다.

획— 펑!

페더러는 귀찮은 파리를 쫓듯, 팔을 간결하게 뻗어 공을 받아냈다.

'그새 눈에 익었군.'

속도가 워낙 빠르다 보니 페더러가 다급하게 받아내는 것처럼 보이지만, 영석은 자신의 서브가 이미 페더러의 눈에 익었다는 것을 캐치했다.

보기엔 툭툭 치며 제대로 된 스윙도 못 하는 것처럼 보이지만, 넘어오는 공은 명확한 '의도'를 품고 있었다.

'본인이 강서버가 아니라고 리턴까지 못하리란 법은 없으니. 그래도… 너무 빠르군.'

그냥 받아내는 것뿐 아니라, 계산이 깔린 리턴을 할 수 있다는 것이 의미하는 바는 간단하다. 영석의 비교 우위 하나가 사라진다는 것이다.

그리고 페더러는… 이번에도 빠른 결단을 내렸다.

네트 앞으로 쏟아지듯 달려든 것이다.

"흥!"

강렬한 코웃음을 친 영석이 빠르게 공간을 분석해 내고는, 팔을 휘둘렀다.

콰앙!

스트레이트로 쭉 뻗어나가는 공은 페더러의 애드 코트 방향, 베이스라인을 조준하며 날아갔다.

완벽한 패싱샷 루트.

하지만······.

휙—

영석에게 등을 보인 상태로 라켓을 왼쪽으로 쭉 뻗은 페더러가 공중에 붕 떠 날아갔다.

패싱을 당하지 않기 위해 몸을 던지는 경우야 많지만, 페더러는 유독 여유 있게 보였다.

'저게 닿는다고?'

영석이 화들짝 놀라 몸에 긴장감을 불어넣는다.

페더러라면, 저런 자세에서도 어느 곳으로든 발리를 할 수 있는 감각이 있었다.

팡!!

라켓에 공이 맞는 청량한 소리가 들리고······.

툭, 툭.

네트 앞에서 또르르 구르고 있는 공이 영석의 맥을 풀리게 만들었다.

'거기서 드롭 발리······.'

기꺼운 마음이 든 영석은 라켓 면에다가 손바닥을 몇 번 부딪쳤다.

나름의 박수를 보내는 것이다.

'슬슬··· 몸이 다 풀렸나 보군.'

펑!!

쉬익—

페더러는 적극적으로 공격성을 발휘하고 있었다.

서브를 친 후 재빠르게 뛰쳐나오는 것이다.

'내 앞에서 서브 & 발리라니……'

받아내기 힘든 서브가 아니라는 것은 페더러 본인이 더 잘 알고 있을 터.

그럼에도 네트로 나온다는 것은 자신이 있다는 것이다.

'내 공을 통찰하고, 반응할 수 있다는 거지.'

타고난 신체를 앞세워 네트로 돌진했던 칼로비치와는 종류가 다른 자신감이 페더러의 온몸을 휘감고 있었다.

'어울려 주지.'

영석은 차가운 미소를 머금었다.

쾅!!

펑!!

팡!

시합은 단조로운 패턴으로, 그러나 수준 높은 공방을 거쳐 빠르게 흘러갔다.

적극적인 발리로 본인의 감각과 공격성을 발휘해 보려는 페더러, 그런 페더러의 전략에 대응하는 패싱 일변도의 영석은 어느새 자존심 싸움에 돌입하고 있었다.

대부분의 포인트는 5, 6구 이내에 결정이 났다.

서브―리턴(패싱 성공).

서브―리턴―발리(발리 성공).

서브―리턴―발리―패싱.

서브—리턴—그라운드 스트로크—그라운드 스트로크—발리.

서브—리턴—그라운드 스트로크—그라운드 스트로크—발리
—패싱.

이 과정은 단순해 보이지만, 두 선수 모두 일격에 끝낼 각오를
하고 주고받다 보니, 관중들은 절로 시합에 강한 흡입력을 느끼
고 있었다.

열기가 불길 번지듯 관중석을 헤집기 시작하면서, 고요한 소
음이 웅얼대기 시작했다.

"……."

전광판을 힐끗 바라본 영석이 나직이 한숨 같은 웃음을 내뱉
는다.

7 : 5, 3 : 3.

30 : 30.

'재밌어.'

경기는 단순한 전개로 흘렀지만, 속을 들여다보면 페더러는
정말 다채로운 테니스를 선보였다.

자신의 백핸드 쪽으로 조금이라도 공이 높게 오면 슬라이스
로 처리하곤 했는데, 보통의 선수와 달리 페더러의 슬라이스는
'방어이자 공격'의 수단으로까지 진화한 슬라이스였다.

얼마나 날카로운지 바운드가 거의 안 되는 것 같아 영석이 번
번이 허리를 접고 공을 처리해야 할 정도였다. 그리고 페더러는
영석이 보인 아주 조금의 틈을 비집는 데 능한 모습을 보였다.

발리는 또 어떤가.

그 우아한 터치 감각은 진희를 떠올리게끔 만들었다.

같은 폼으로 보낼 수 있는 코스와 구질이 얼마나 다양한지, 예상하고 몸을 움직일 수가 없었다.

그리고 이 모든 것을, 엄청난 속도로 공을 보내고 있는 영석을 상대로 해내고 있었다.

'대단해.'

'기술적으로 완벽한' 상대를 만나는 것이 이처럼 게임을 재밌게 만들 수 있다는 것을, 영석은 이제야 깨닫게 됐다.

달리 말해 본인과 비슷한 수준의 상대를 드디어 만난 것이다.

"아직 남은 시간은 많아."

온몸의 근육이 기분 좋게 부풀어 오른다. 심장 박동은 조금 빠른 정도.

시야도 또렷하고, 감각도 빠릿빠릿하다.

자신의 모든 것을… 정신적, 육체적인 바닥까지 드러낼 수 있는 찬스가 도래한 것이다.

소중한 이 기회를, 영석은 마음껏 즐기기로 마음먹었다.

휙—

눈앞에서 한차례 빙글 돈 공이, 어느새 저 위로 올라 있었다.

어깨를 휘도는 거력이 한 점에 모여 폭음을 냈다.

콰앙!!!

짜릿짜릿한 손맛과 함께 공이 쏜살같이 뻗어간다.

틱—

여전히 감각적으로 팔을 놀린 페더러였지만, 이번 리턴은 라켓 테두리를 맞히는 것에 그쳤다.

"피프틴 러브(15 : 0)."

"호오……."

영석이 자신의 결과물을 보고 자찬(自讚)하며 전광판을 바라
봤다.

〈245.8km/h〉

거기엔, 아주 조금이지만 더욱더 빨라진 기록이 보였다.

영혼을 뒤흔들 대전에서, 주체할 수 없는 고양감에 휩싸인 것
이 이렇게 속도의 한계를 깨뜨린 것이다.

2세트 4 : 3.

페더러의 서브 게임.

유리알처럼 번득이던 페더러의 눈빛이 한층 더 심유해졌다.

이제는 숫제 까만 유리구슬이 되었다.

그 미미한 변화를, 영석은 또다시 눈치챘다. 페더러에게 온 힘
을 다해 집중하고 있는 까닭이다.

'또 뭔가 해볼 생각이군.'

이번에는 무엇일까.

마치 종합선물세트처럼, 열어볼 때마다 새로운 면모를 보이는
페더러가 너무나도 재밌었다.

'지금까지 시험해 본 걸 수도 있고.'

만약 페더러가 경기 전체를 두고 큰 그림을 그리고 있다면, 1세
트와 2세트는 말 그대로 '시험의 무대'로 여길 수도 있었다.

쾅!!

페더러가 전심전력을 다해 서브를 날렸다.

예리하고 날카로우며, 상대의 머리끝에서 놀고 있는 듯한 서브가 아닌, 단순히 힘으로 때려 박는 서브.

"······."

그러나 상대는 영석이었다.

이런 서브에 당할 리가 없는 것이다.

쾅!!

호쾌한 스윙과 함께, 공을 빠르게 되돌려 줬다.

다다닷!

공을 빠르게 따라잡은 페더러가 힘차게 팔을 휘두른다.

지금까지의 유려한 맛이 조금 떨어지는 스윙이다.

쾅!!

특유의 탄력이 전혀 느껴지지 않았지만, 그래도 공은 이상할 정도로 빠르고 정확했다.

그리고 그 순간, 영석은 퍼뜩 깨달을 수 있었다.

'강 대 강으로 가보자는 거지?'

의도는 모르겠지만, 페더러가 보내는 신호는 그것이었다.

다닷! 쾅!!

촤촤! 콰앙!!

페더러의 그라운드 스트로크와 영석의 그라운드 스트로크가 충돌했다.

둘 다 베이스라인 위를 미끄러지듯 이동하며 숨 쉴 틈 없이 상대를 몰아치고 있는 것이다.

"······."

그리고 문자 그대로 두 명의 선수는 거의 무호흡에 가깝게 뛰어다니고 있었다.

숨을 쉴 수 있는 기회는 팔을 휘두를 때뿐.

"훅!"

펑!!

"푸우!"

쾅!!

호흡 소리가 타구가 되기 전에 크게 울린다.

펑! 펑!

…10구 정도를 그저 있는 힘껏 휘두르기만 했을까.

퍼엉!

영석의 포핸드에서 미스가 나왔다.

점점 빨라지는 공에 정신없이 몸을 움직이다가 무게중심이 살짝 흐트러진 것이다.

훅—

큰 포물선을 그리며 네트를 넘어간 공은 애드 코트로 향했다.

페더러의 백핸드 코스.

"……."

페더러의 눈이 섬뜩하게 빛나고, 오른팔을 힘차게 휘두른다.

원 핸드 백핸드라, 정말이지 발검(拔劍)에 가까웠다.

콰앙!!

힘이 너무 들어갔을까.

시작부터 낮게 깔린 그 공은 네트에 강렬히 꼬라박고 말았다.

'뭐지……?'

그제야 참았던 숨을 내쉬며, 영석은 떠오르는 의문을 해소하기 위해 머리를 굴렸다.

'들어왔으면 못 받았겠지. 달리 말하면 너무 터무니없이 세게 쳤어. 이유가 뭐지?'

차오르는 궁금증을 담은 영석의 시선이 네트 너머로 향했지만, 페더러는 어떠한 답도 하지 않았다.

                    *   *   *

"그렇군."

강 대 강의 대결에서, 둘은 서로에게 한 포인트씩 헌납했다. 모두 각자의 에러였다.

영석은 페더러의 의도가 무엇인지, 왜 이런 짓을 했는지 이해할 수 있었다.

'시위 겸… 조사… 이려나.'

'나도 이 정도는 한다!'라는 것을 플레이로 영석에게 보여주려는 것, 자신과 영석의 역량을 정확하게 조사하고 가늠해 보려는 것…….

페더러의 의도는 명명백백했다.

다만, 영석으로서는 사소한, 그리고 근본적인 의문이 하나 생겼다.

'그게 필요하나?'

메이저 대회에서 연달아 우승하며, 영석이 받은 주목도를 생각한다면, 페더러 같은 초일류의 소질이 있는 선수가 영석의 역량을 파악하지 못할 리가 없다. 심지어 둘은 대전한 전력도 있다. 그럼에도 불구하고 두 세트에 걸쳐서 이런 지루할 수도 있는 작업을 한다?

'…비교.'

작은 의문에서 큰 깨달음이 잉태했다.

페더러는 지금, 자기 자신의 역량을 모르겠는 것이다. 기준을 영석에게 두고 자기 자신을 파악하고 있는 작업에 몰입해 있는 것이다.

'윔블던에서… 얼마나 변했길래……'

영석의 솜털이 비죽 솟는다.

지금 눈앞에 있는 적이, 말로만 환골탈태를 하는 것이 아닌, 허물을 벗고 있는 것을 목격했기 때문이다.

*　　　　　　*　　　　　　*

콰앙!!

서브를 날리고,

쉬시시!!

바람을 가르며 공을 뒤쫓는다.

감탄이 나올 만큼 화려한 서브 & 발리의 몸놀림.

서브 & 발리를 장기로 내세우는 선수들은 많지만, 그 누구도 영석의 모습보다 감탄을 자아내지는 못할 것이다.

"……"

페더러의 눈이 섬광처럼 빛난다.

드디어 이번 결승전에서 영석이 주도적으로 국면을 이끌어가는 첫 시작이기 때문이다.

페더러의 입장에선, 필히 틀어막아야 하는 상황.

퉁―

속력이 소폭 상승한 영석의 서브도 금방 눈에 익은 것일까.

끝까지 휘두르는 건 언감생심 꿈도 못 꾸지만, 적어도 갖다 대는 것만이라면 가능하긴 한 건지, 페더러가 팔을 쭉 뻗는다.

팡!

그러나 길게 다리를 뻗으며 라켓을 들이민 영석의 적절한 발리에 막히고 말았다.

'이제는 내 차례지.'

페더러가 할 수 있다면, 난 더 잘할 수 있다.

영석은 그런 자신감을 잃지 않고 가슴을 쭉 폈다.

영석의 폭격이 시작됐다.

영석은 페더러처럼 다양한 것들을 시험하지 않았다. 그럴 필요도 없거니와, 이미 페더러의 시험대에 올라 서로가 서로의 패들을 꿰고 있는 탓이다.

가장 효과적인 것, 가장 잘하는 것에 집중하기로 한 영석의 선택은, '공격'이었다.

페더러는 1세트와 2세트 초반부의 영석이 그랬듯, '기꺼이' 영석의 전개에 장단을 맞추었다. 처음부터 끝까지 공격 대 공격으로 가면, 경험했다시피 영석에게 밀린다.

페더러는 마치 클레이에서의 베이스라이너처럼, 베이스라인 뒤로 2~3미터 정도 뒤로 물러섰다. 그리고 그 아름다운 스텝을 이용하여 '방어'에 집중하기 시작했다.

콰앙!

영석이 오랜만에 선보이는 백핸드 잭나이프는, 여전히 강맹하고 무엇보다 우아했다.

비록 같은 코트에 페더러라는 우아의 대명사 같은 선수가 자리를 잡고 있어서 빛을 바랬지만 말이다.

공격이라고 해서 무작정 발리로 끌고 가는 건 아니었다.

그라운드 스트로크에서도 공격성은 충분히 발휘될 수 있었다.

쉭—

가령, 영석은 역량이 허락하는 한, 어중간한 공을 '절대로' 보내지 않는 경향이 있다.

한 구 한 구가 사람을 궁지에 몰리게 만든다.

구석, 짧은 곳, 역동작을 유발하는 코스… 이걸로도 모자라 구질을 마음대로 바꾸기도 한다.

'저놈도 마찬가지이지만……'

빠른 축에 들긴 하지만, 발만을 놓고 보면 엄청나게 탁월한 속도를 보여주진 못한다.

그러나 페더러가 방어에 집중하기 시작하자, 영석의 공은 바닥에 두 번 이상 몸을 튕기지 못했다. 다 받아낸 것이다.

감각적으로 미묘하게 빠르게 스타트를 끊고, 최고의 효율을 자랑하는 스텝이 페더러를 빨라 보이게끔 만들었다.

촤촤악!

나달처럼 마치 잽을 날리듯 공을 툭툭 건드리는 형식으로 받아내진 못한다.

페더러는 받기 힘든 공을 받아넘길 때 '백스핀'을 이용한다. 그렇지만 단순히 면만 만들어서 갖다 대는, 여타의 선수들이 하는, 그런 샷이 아니었다. 자세와 상관없이 어찌나 예리한지, 특히 백스핀을 걸기 쉬운 백핸드의 경우에는, 자세만 무너질 뿐이지, 공은 제대로 된 슬라이스였다. 날카롭고 예리했다.

퉁! 봉—

슬라이스는 톱스핀과 비교하면 공의 체공 시간이 길다.

그 시간 동안 페더러는 무너진 자세를 수습하고, 다시 몸의 감각을 끌어올린다.

영석은 지루하게 그 과정을 기다린다.

—공격을 이어간다.

—드롭 등을 이용한 페이스 전환을 한다.

영석은 주저 없이 전자를 선택했다.

툭—

바운드된 공을 품에 끌어들인 영석이 지체 없이 팔을 휘두른다.

쾅!!

인사이드—아웃 코스의 포핸드.

왼손잡이인 영석을 기준으로 11시 방향으로 공이 뻗쳐 나간다.

퉁—

페더러가 다시금 슬라이스로 받아낸다.

"……."

가만히 넘어오고 있는 공을 바라보고 있는 영석은 고개를 갸웃했다.

'짧아졌군.'

페더러의 입장에서도 받아내긴 해야 되니 연속되는 슬라이스는 어쩔 수 없다지만, 조금씩 짧아지는 공이 영 미심쩍었다.

툭—

바운드된 공을 눈앞에 둔 영석은 별안간 하나의 장면이 뇌리를 스쳐 감을 느꼈다.

'…치고 네트로 어프로치하게끔 살살 유도한 건가? 그 공을 또 간신히 받아내는 척하며 로브로 띄우려고?'

물리적으로 공까지 따라잡기엔 시간이 빠듯하니, 엄밀히 말하면 '간신히 받아내는 척'하는 건 아니다. 다만 페더러는 불가사의할 정도의 터치 감각이 있으니, 감각 쪽으로는 여유가 있을 터였다.

'……'

정리가 되었다.

불의의 일격처럼 넘어온 로브를 간신히 쫓아간 자신이 트위너 샷이나 여타의 발악으로 공을 보내면 페더러는 천연덕스럽게 발리로 끊어먹을 것이다.

…라는 예감이 들었다.

"흑."

잠시 몸을 멈출 법도 했지만, 영석은 티를 내지 않았다.

사고의 과정은 길었지만, 시간은 짧았다.

'넘어오기 전까지 공이 어디로 갈지는 모르는 일이지만, 우선은 역이용한다는 생각을 하자.'

인사이드—아웃으로 보냈던 공이 서비스라인과 베이스라인 사이로 쭈욱 미끄러져 들어왔다.

쾅!!

이번엔 백핸드로 인사이드—아웃.

1시 방향으로 공이 뻗어갔다.

본래는 크로스로 보내려는 생각도 있었지만, 망상에 가까운 예측을 하고는 방향을 바꾼 것이다.

'네가 백핸드여야… 더 연기를 잘하겠지?'

촤촤촤앗!

페더러가 그럴 줄 알았다는 듯 힘차게 발을 놀린다.

긴박함 속에서 피어나는 한 줄기의 여유. 그것을 우아하다고 표현했었던 영석이지만, 지금은 달랐다.

'원하는 대로 되고 있다는 거지……'

수없이 머릿속으로 상상했던 장면이니, 몸을 움직이는 것에 거리낌이 없고, 당황스러움이 묻어나지 않는다. 그것이 여유를 낳고, 종래엔 우아함이 되는 것이다.

탓!

영석이 급박하게 네트로 나아가는 '척'을 했다.

실제로도 발은 빠르게 움직였지만, 보폭을 평소의 절반으로 줄였다.

"……."

그것만으로 속을까 싶었지만, 일단 페더러는 달리는 속도를 유지한 채 팔을 뻗었다.

백핸드여서 영석에게 등을 보이는 자세가 만들어질 수밖에 없었고, 제한된 페더러의 시선은 영석의 움직임에서 위화감을 감지하지 못했다.

퉁!

촤악!

페더러의 라켓에 공이 닿자마자 영석은 몸을 급하게 멈췄다.

붕—

'맞군.'

예상이 맞았다는 희열도 잠시, 영석은 공중을 올려다보며 재빨리 백스텝을 밟았다.

촤촤앗—

스윽—

거친 걸음에 잔디가 눕는 소리가 합쳐진다.

퉁—

예상이 맞아떨어진 이상, 페더러의 로브는 영석에게 너무나 먹음직스러운 찬스로 다가갔다.

"후우……."

순식간에 낙하 예상 지점에 도착한 영석이 양팔을 높게 올려 멋진 트로피 자세를 만들었다.

이제 남은 것은 그냥 스매시를 날릴 것인지, 한 번 바운드를 시킨, 그라운드 스매시를 날릴 것인지에 관한 선택이었다.

영석의 시선이 조금씩 하늘에서 떨어지기 시작했다.

관중석의 끝자락이 눈에 잡히기 시작하더니, 이내 힐끗 페더러가 보였다.

'허…….'

페더러는 서비스라인의 경계선에 자리를 잡고 있었다. 위치는 정가운데.

'뭘 어쩌겠다는 거야.'

차라리 어느 한 방향을 정하고 베이스라인에서 머물고 있었다면 이해가 됐겠지만, 지금의 페더러가 무엇을 원하는지 영석은 알 수 없었다.

'꺼림칙하군.'

쾅!

내심 그라운드 스매시를 생각하고 있던 영석은, 그냥 공중에서 떨어지고 있는 공을 향해 팔을 휘둘렀다.

쉬이익—

공간을 꿰뚫으며 나아가고 있는 공은, 무척이나 위험하게 느껴졌다.

"……!!"

그리고 페더러는… 모두가 깜짝 놀랄 짓을 했다.

탓!

방향을 대충 인식하자, 그 방향으로 나아간 것이다.

영석이 일전에 칼로비치전에서 보였던 무모한 짓의 재현이다.

스윽—

발을 튕김과 동시에 팔을 앞으로 쭉 뻗었던 페더러는 찢어질 듯 눈을 부릅뜨더니 돌연 머리 위로 라켓을 들고는 자리에 주저앉았다.

아마도 그가 생각했던 것보다 공이 빨랐던 탓일 게다.

파앙!!

"……."

그러나 그 우스꽝스러운 모습에 아무도 웃음 짓지 않았다.

…라켓에 공이 맞은 것이다.

툭, 툭…….

"포티 서티(40 : 30)."

쥐 죽은 듯 고요했던 코트에 심판의 선언이 울리고, 윔블던 센터 코트에 자리하고 있던 모든 관중들이 난리 법석을 떨기 시작했다.

"이런……."

영석이 빠르게 네트로 다가가 페더러를 살펴봤다.

"괜찮아?"

끄덕.

페더러는 살포시 웃으며 고개를 끄덕이더니, 자리에서 일어나 뒤로 날아간 라켓을 주워 들었다.

"……."

영석은 페더러의 라켓에 시선을 두었다.

'정가운데. 가로줄 두 개, 세로줄 하나…….'

피식 웃은 영석이 베이스라인으로 터벅터벅 걸음을 옮겼다.

*　　　　　*　　　　　*

조금 다른 듯하지만, 둘은 비슷한 차원에서의 테니스를 하고 있었다.

그것을 영석도, 페더러도 잘 느끼고 있었다.

훙―

한 번의 휘두름에 어떠한 낭비도 없다.

랠리는 길어질 수 없었지만, 공을 따라잡기 위한 움직임은 폭발적이었다.

펑!!

펑!!

'저러다 넘어지진 않을까'라는 걱정이 될 정도로, 선수들은 급제동, 급발진을 쉴 새 없이 구사하며 코트를 누볐다.

'후……. 이제 마지막이군.'

털썩―

거칠게 벤치에 앉은 영석의 표정이 묘하다.

즐거운 듯, 짜증 난 듯, 미간은 찌푸리고 있었고, 입가는 웃고 있었다.

7 : 5, 5 : 7, 6 : 4, 5 : 7.

세트스코어 2 : 2.

어느새 경기는 4세트까지 진행된 상태였다.

한 번씩 사이좋게 세트를 나눠 가지게 되니 지금에까지 이르게 된 것이다.

'재밌긴 재밌어.'

지금까지의 적들과는 다르다.

마치 꿈에서 주먹질을 하는 것처럼 무기력한 느낌이 찾아든다.

그럼에도 영석은 아뜩한 절망감 대신, 기쁨을 찾았다.

이것이야말로 전생에 그토록 원했던 순간이기 때문이다.

'실력은 호각. 종이 한 장 차이도 없어.'

믿기지 않게도, 지금의 페더러는 영석 자신과 기량적인 면에서는 우열을 가릴 수 없었다.

'그렇다면… 응?'

여느 때처럼 해답을 찾기 위해 궁리를 해보려던 영석은 희미한 진동이 느껴지자 그 근원지를 찾았다. 지근거리라 금방 찾을 수 있을 것만 같았다.

그 근원지는…….

'손… 팔, 허리…….'

근육들이 잘게 잘게 몸을 떨고 있었다. 부상 같은 대단한(?) 것을 걱정할 것까진 없지만, 2시간을 넘게 긴장해 있었더니 약간의 탈이 난 모양이다.

"……."

먼저 오른손과 왼손을 서로 주무른다. 차갑고 딱딱했던 손이 조금씩 풀어진다.

뒤이어 팔을 주무르며 손의 체온을 팔에 전한다.

분명 영석의 몸임에 틀림없지만, 다른 사람의 몸을 만지는 듯한 이질감이 느껴졌다.

'근데 피곤하다는 생각은 전혀 안 드는데?'

영석은 무심한 눈빛으로 다리도 훑어봤다.

"괜찮군."

다리는 외관상으로 멀쩡했다.

그걸 확인하자, 무심했던 눈빛에 안도의 빛이 흘러들어 온다.

'그럼 다시 5세트를 어떻게 할지 생각해 보자…….'

그렇게 영석은 자신의 몸을 주무르며 5세트를 구상하기 시작했다.

페더러를 바라보지는 않았다. 시간이 아까운 것이다.

"……"

"……"

엠파이어석을 경계로 균형 있게 양쪽으로 배치된 양 벤치에서 긴장감이 타올랐다.

얼마 남지 않은 심지를 거대한 불꽃이 삼키고 있었다. 참으로 위태로워 보였다.

하지만 한편으론, 그 처연함이 황홀하게 느껴졌다.

*　　　　*　　　　*

5세트.

영석은 다시금 몸을 힘차게 움직였다.

페더러 또한 전혀 힘든 기색 없이 몸을 놀렸다. 그는, 절정의 기량을 꽃피우기 시작한 3세트부터 지금까지 한결같은 페이스를 유지하고 있었다.

쾅!!

다시금 개전(開戰)을 알리는 축포와 같은 쩌렁쩌렁한 소리가 윔블던 센터 코트에 울리기 시작했다.

쐐엑─

공이 대기를 하얗게 가르는 모습이 마치 공에 꼬리가 붙은 것처럼 보인다.

사납게 몰아치는 광풍(狂風).

영석이 보이고 있는 기세다.

쿵!

묵직하고 강인한 느낌의, 시퍼런 서슬 가득한 공이 바운드됐다.

스윽—

페더러의 기세는 살랑이는 광풍(光風).

언제 움직였을까.

공을 기다리고 있던 페더러가 봄바람 같은 스윙을 펼친다.

꽃잎을 바람으로 감싸듯, 부드럽게 대응하는 그 스윙은, '과연 저 공을 받을 수 있을까?'라는 의심을 낳게 한다.

'받지.'

지금 이 순간, 페더러 자신보다 페더러를 높게 평가하는 것은 영석이었다.

한 치의 의심도 없이 몸을 던진다.

펑!!!

부드러운 스윙의 끝에 맺힌 건, 날카로운 창 같은 공이다.

전가의 보도인 인사이드—아웃.

상대를 손쉽게 궁지에 몰아넣는, 오직 페더러만이 보일 수 있는 공.

"이걸 기다렸어."

순간, 영석의 눈이 시리게 빛나고 또 빛난다.

듣는 순간, 공포에 젖어들게 만드는 목소리가 대기를 차갑게 적신다.

숨죽였던 맹수가 발톱을 꺼내고 도약을 했다.

두두두두두!!

망설임 없는 움직임에서 폭발적인 에너지가 새어 나온다.

안광이 어찌나 살벌한지, 몸을 쏘아내고 있는 영석의 눈꼬리에서 뭉툭한 빛이 흐르는 것 같다.

획—

특유의 탄력이 그대로 실린, 페더러의 공은 바운드 후에 더욱더 빨라지는 것 같은 착각을 불러일으킨다.

'스핀의 눈속임.'

초당 회전(RPM)에서 나달과 함께 역대 1, 2위를 다투는 페더러. 스핀이 많다는 것은 구사하는 선수에게 엄청난 자유를 선사한다. 바운드 후의 변화가 더욱 극적으로 나타나기 때문이다.

쉬익—

공이 멀게 도망칠 것 같은 불안함을 사뿐히 지르밟은 영석이 묵묵히 발을 놀렸다.

그 속도가 어찌나 빠른지, 축지(縮地)를 펼치는 것 같았다.

'난 한다. 할 수 있다.'

의지가 뭉치고 뭉쳐 역설적으로 눈빛이 무채색으로 물들었다.

영석이 왼팔을 쭉 뻗는다.

'6, 7, 8, 9, 10……. 9다.'

머릿속에서 노리고 있는 코트의 일부가 선명하게 떠오른다.

굳이 네트 너머를 훔쳐볼 필요조차 없었다. 이 코트는 이미 영석의 몸에 인이 박여 있기 때문이다. 이 순간, 영석의 머릿속엔 81개의 블록으로 구성된 코트가 떠올랐다.

"습!"

빠르게 대기를 집어삼키자, 한데 뭉쳐 있던 의지에 정광이 맺

한다.

쎄엑—

…쾅!!

영석의 통렬한 포핸드가 터진다.

공은커녕, 팔의 궤적조차 눈으로 좇을 수 없었다.

쉬익—

"……."

공은 이미 넘어갔지만, 영석은 아직도 타점을 묵묵히 바라봤다. 이제는 빈 허공이 되어버린 그곳이다.

그 모습이 묘하게 장엄했다.

'…….'

러닝 포핸드로 스트레이트를 의식하고 있던 페더러는 역동작에 걸려 자신의 바로 왼쪽 50㎝ 부근을 지나는 공을 넋 놓고 바라봤다.

번개처럼 사지에 명령을 보낼 수 있는 페더러의 감각에도, 영석의 방금 공은 도무지 받아낼 수 없었던 것이다.

*   *   *

3 : 3.

한창 박빙으로 스코어를 쌓아가고 있는 와중, '그 느낌'은 어느 순간 불현듯 찾아왔다.

펑!!

펑!

한 차례씩 크로스로 공을 주고받은 상황에서, 영석은 회심의 샷을 날렸다. 짧고 각도가 크게 벌어지는, 아주 기술적인 공이다.

두다다다—

이번만큼은 페더러가 특유의 아름다운 스텝을 보이지 못했다. 그 스텝은 주로 횡(橫)의 움직임에서 빛을 발한다.

지금처럼 종(縱)의 움직임을 보여야 할 땐, 그도 평범한 선수처럼 뛴다.

다만, 팔이 움직인다면 얘기가 달라진다.

쉬익—

마치 내야수가 낮게 깔린 타구를 잡아 올리듯, 페더러는 라켓으로 공을 퍼 올렸다.

퍼어엉!

스핀이 잔뜩 걸린, 경쾌하면서도 날카로운 공이 허공으로 치솟다가 부자연스럽게 뚝 떨어진다. 공이 제법 길었다.

'흐음⋯⋯.'

뒤로 물러나서 다시 판을 짜자는 페더러의 의도가 담긴 공을 마주한 영석의 선택은, 제자리에서의 잭나이프였다. 절대로 원하는 걸 들어주지 않겠다는 듯 말이다.

촤촤앗!

탓!

땅을 박차고 허공을 부유하는 순간, 영석은 기묘한 위화감을 느꼈다.

'응?'

가장 먼저 반응한 것은 감각이었다.

몸을 움직이는 것에서 폭발력과 탄력이 아주 조금, 이전보다 덜한 상태로 느껴진 것이다.

당황할 수도 있는 그 순간에도, 영석은 침착함을 유지했다. 지금 당황하는 것은 하등 좋을 것이 없기 때문이다.

감정에 우선순위를 둬 자유롭게 필요한 것을 골라 적용하는 모습에서 인간을 초월한 멘탈이 엿보였다.

'점프 높이는 문제없어. 몸의 균형 감각도 완벽한 상태고.'

벤치에서도 느꼈듯, 어느 특정 부위가 아픈 것은 아니었다.

'답은 하나… 출력이 떨어졌어. 들키지 말아야 해.'

영석의 눈이 서늘하게 빛난다.

조금 모자란 것들의 공백은, 기세로 채운다.

콰앙!!!

마치 불꽃이 터지듯 라켓에서 폭발이 일어나며 공이 홀연히 사라진다.

아니, 사라지는 것처럼 보인다.

쉬익—

그리고 이내 네트 너머에서 모습을 드러내며 페더러의 발을 파고들어 간다.

"……."

대부분의 스포츠는 발을 땅에 붙이는 게 습관화되어 있다.

땅을 이용해 힘을 얻어내는 것이 일상적이기 때문이다. 이는 손이나 발로 힘을 전달하는 방법론에게도 연계가 돼, 체계적인 움직임이 고착화된다.

한 종목의 선수들이 모두 비슷한 폼으로 퍼포먼스를 보이는 것은 이러한 논리에 기초한다.

훌쩍—

하지만 페더러는 자신의 발로 파고드는 공을 보고… 아니, 영석의 잭나이프를 보는 순간 '테니스답지 않은' 몸놀림을 보여 줬다.

허리를 살짝 펴고, 마치 복싱 선수처럼 두 발을 통통 뛰더니 순식간에 1미터가량을 뒤로 빠르게 물러난 것이다. 그러고는 공이 바운드되기도 전에 팔을 휘둘렀다.

한쪽 눈을 찡그린 것을 보니, 감각적으로 탁월한 그라 하더라도 장담을 할 수 없는 것처럼 보였다.

펑!

"……!!"

결과가 도출됐다.

페더러가 영석의 잭나이프에 대응하여 아주 감각적인 라이징을 선보인 데 성공한 것이다.

탁—

영석은 땅에 내려선 후, 한 걸음 정도 움찔 움직였을 뿐, 총알처럼 뻗어가는 공을 어찌 손댈 수 없었다.

"꺄아아아아아!!! 아아아!!"

여기저기서 폭풍 같은 갈채가 우박과도 같이 무자비하게 쏟아진다.

하나의 몸놀림이 관중들의 마음을 일렁이게 만든 것이다.

'기가 막히는군.'

이번만큼은 영석도 인정할 수밖에 없었다.

*　　　　*　　　　*

4 : 5.

마침내 5세트도 마지막 챕터에 들어섰다.

휙—

스스삭—

몸을 움직이는 소리, 잔디가 밟히는 소리가 긴장을 품은 적막을 애써 장식하고 있었다.

휴전일까, 종전일까.

영석과 페더러는 미끈한 움직임을 보이며 서로를 탐색했다.

그 모습에서 사나움과 용맹함은 보이질 않았다.

펑!!

강하게 짓눌려 있다 총알처럼 튀어 나가는 공 또한, 속도나 위맹함이 줄은 듯 보였다.

그러나 날카로움과 예리함, 그리고 섬세함이 가득 남아 있었다.

몸과 공에서 합리성을 제외하면, 남아 있는 것이 없게 된 것이다.

'연료… 고갈이군.'

어느새 푸석하게 건조해진 피부는, 하얀 자국을 일게 했다. 흐르는 땀방울 하나하나가 무척이나 따갑게 느껴진다.

삐이이이이이이이—

머릿속에서 이명이 은근히 울리기 시작했다.

"……."

온몸에서 떨어 울리는 알람에, 영석이 풀썩 웃는다.

예후(豫後)는 분명하게 나타나, 영석의 몸을 조금씩 갉아먹었다.

100에서 99, 98, 97, 96……

자신의 상태를 체크하는 것이 숨 쉬듯 자연스럽고 익숙하게 행해지는 영석이 모를 리 없는 고갈.

서서히 떨어지는 것을 예민하게 느끼는 만큼, 정신의 테두리에서부터 투쟁심이 좀먹혀 가는 것을 두 눈 시퍼렇게 뜨고 관찰할 수밖에 없는 괴로움이 찾아왔다.

'넌 어떠하냐.'

페더러의 안색을 살핀다.

"……."

보는 것만으로도 체온을 짐작케 하는 하얗게 뜬 얼굴, 몸의 수분을 몽땅 빼버렸는지, 입술 여기저기가 양귀비꽃 피듯 붉게 터져 있었다. 눈 한쪽도 실핏줄이 터진 듯, 적안(赤眼)이었다.

다만… 그 안에 품고 있는 불길은 시퍼렀다. 너무나 크게 불타올라 종래엔 불투명한 불똥을 사방으로 떨구고 있는 빛.

'아니, 백화(白火)인가……'

선연한 적백(赤白)의 대비.

눈을 찌르는 듯한 강렬한 색감이 넘실거린다.

피식.

그 모습을 보자, 메마른 웃음이 입술을 비집고 삐져나왔다.

쏴아아아아아—

웃음이 집중력의 빗장을 살며시 풀자, 거대한 소리가 영석의 고막을 때렸다.

관중들과 카메라맨, 볼키즈, 심지어 심판까지 엉덩이를 들썩이며 초조함을 주체하지 못하고 있는 모습이 소리가 되어 정보를 전달하는 것이다.

뚝—

다시 집중력을 끌어올리자 소리와 시야가 차단되었다. 오감(五感)이 코트 한정으로 차단되고, 페더러와 눈을 마주친다.

"......"

"......"

이유 모를, 기묘한 유대감이 사막에 새싹을 돋운다.

두 사람 사이에 복잡하게 엉켜 있던 넝쿨들이 부드럽게 풀리기 시작한다.

툭, 툭, 툭…….

페더러가 가만히 공을 튕긴다.

영석만이 느낀 안온함이 아닌 듯, 실로 적절한 타이밍이다. 그리고 거대한 감정의 파도에서 숨을 쉬기 위한 처절한 몸짓이었다.

휙—

토스가 시작됐다.

너무나 지쳐 본능적으로 평온함을 찾아가려는 영식의 흐릿한 의식이 돌연 선명하게 빛을 발한다. 더 이상 남아 있지 않은 것처럼 느껴졌던 심지가 빼꼼히 고개를 들고 그 위에 별처럼 뜨거운 불이 타오른다.

회광반조(回光返照).

'이렇게 끝날 수 없지!!!'

펑!!

어쩌면 마지막이 될 수도 있는 서브.

페더러는 영혼이 집어삼켜질 것 같은 초조함 속에서도 균일한 품질의 서브를 보냈다.

촤찻!

영석이 힘차게 다리를 움직인다.

촤악!

발을 거칠게 내딛고, 허리를 한껏 비튼다.

뻑뻑하게 된 지 오래인 허리가 이 순간만큼은 너무나도 부드럽게 영석의 의지에 따랐다.

'힘.'

그 와중에도 침착함을 유지한 영석은 너무나 폭발적으로 샘솟는 순간적인 힘을 진정시킬 요량으로, 자신의 몸에 명령을 내렸다.

휙—

테이크백은 부드럽고 신속하게 이어졌다.

쿵—

공이 어김없이 서비스라인 안쪽으로 들어왔다. 마지막이라 생각했는지, 조금은 안일한 코스였다.

쎄엑—

완벽한 타이밍, 정확한 타점… 이 모든 것의 박자가 맞아떨어졌다.

딱 한 가지만 제외하고 말이다.

"큭……."

영석이 나직한 신음을 내뱉었다.

'너무 세…….'

쉬쉬쉭—

"……!!"

페더러가 대경실색한다.

날아오는 코스가 너무나 좋았기 때문이다.

탓, 탁!

그리고 그것이 역설적으로 페더러의 몸놀림을 부드럽게 만들었다. 어른거리던 우승컵이 그 순간만큼은 떠오르지 않은 것이다.

"……."

베이스라인 근처에 자리를 잡은 페더러, 바운드된 공…….

"아웃!!!"

"게임 셋, 매치 원 바이 페더러……."

억눌려 있던 모든 것이 터졌다.

"끄아아아아아아아아!!!"

페더러가 라켓을 집어 던지고 그 자리에서 쓰러진다.

쏴아아아아아—

박수가 폭포처럼 쏟아진다.

플래시 터지는 빛의 무더기가 해일이 되어 넘실거린다.

"푸우……."

영석이 하늘을 바라보며 긴 숨을 내뱉었다.

따뜻한 날씨였지만, 그 숨은 기묘하리만큼 선명하게 자취를 남기며 허공으로 흩어졌다.

그리고 자리 잡은 기분 좋은 탈력감.

'인사해야지.'

풀썩 웃은 영석이 터덜터덜 네트로 걸어갔다.

다다다닷!

그 모습을 본 페더러가 몸을 벌떡 일으키더니 네트로 쏜살같이 달려왔다.

"축하……."

영석이 말이 끝나기도 전에 페더러는 양손으로 영석의 오른손을 꽈악 잡았다.

"……."

한참을 그렇게 손을 잡고 영석을 올려다본 페더러의 눈가에 어느새 물이 차올랐다.

툭―

이윽고 그는 영석을 와락 안았다.

"…축하한다."

"……."

영석은 나직이 중얼거리며 페더러의 등을 한차례 쓸어주었다.

파파파파팟―

카메라가 신나게 플래시를 터뜨리고 있었지만, 들리지 않았다.

―7 : 5, 5 : 7, 6 : 4, 5 : 7, 4 : 6.

―3시간 23분.

어깨에 뜨거운 느낌이 든다.

피부 위로도 그 소금기가 느껴졌다.

인간이 품을 수 있는 모든 감정을 농축시킨, 짜디짠 소금기 어린 뜨거운 액체.

'졌군.'

2003년 7월 6일.

윔블던 결승(Wimbledon Final).

2001년 프로로 전향한 이후 영석은 처음으로 시합에서 패배를 겪게 됐다.

『그랜드슬램』 10권에 계속…

·· 부록 ··

1. 로저 페더러(Roger Federer)

1.1 통산 커리어

통산 전적 1087승 245패(81.61%)
통산 타이틀 89
통산 상금 US$102,530,825
최고 랭킹 1위(2004년 2월 2일)
현재 랭킹 10위(2017년 1월 30일)

메이저 대회 : 우승 18회
호주 오픈 우승 (2004, 2006, 2007, 2010, 2017)
프랑스 오픈 우승(2009)
윔블던 우승(2003, 2004, 2005, 2006, 2007, 2009, 2012)

US 오픈 우승(2004, 2005, 2006, 2007, 2008)

올림픽 Gold medal(2008 베이징 남자 복식)

1.2 기록(단독 기록)

—메이저 대회 18회 우승
—메이저 대회 결승 28회 진출
—매년 연속 메이저 대회 한 해 2회 이상 우승(4)
—메이저 대회 한 해 3회 이상 우승(3)
—연속 세계 랭킹 1위(237주)
—톱 10 선수 상대 최대 연승(26)
—하드 코트 최다 연승(56)
—잔디 코트 최다 연승(65)
—결승 경기 최다 연승(24)

1.3 개괄

　로저 페더러(Roger Federer, 1981년 8월 8일~)는 스위스의 프로 테니스 선수입니다. 2004년부터 2008년까지 237주 연속 세계 랭킹 1위를 기록하여 역대 최장 연속 랭킹 1위 기록을 세웠으며, 총 302주간 세계 랭킹 1위를 기록했습니다. 그는 많은 스포츠 전문가들과 비평가들, 전·현역 선수들에 의해 역사상 최고의 선수로 평가받습니다.

페더러는 남자 테니스와 관련해 많은 세계 기록을 보유하고 있습니다. 역대 남자 선수들 중 가장 많은 총 18개의 메이저 대회 단식 타이틀을 획득했습니다. 또한 그는 2009년 프랑스 오픈에서 우승하면서 커리어 그랜드슬램을 달성한 역대 7번째 남자 선수가 되었습니다. 그는 역대 남자 선수들 중 가장 많은 총 28회의 메이저 대회 결승에 진출했습니다. 또한 2004년 윔블던 우승을 시작으로 2010년 1월 호주 오픈에서 우승하면서 약 6년에 걸쳐 메이저 대회 준결승 23회 연속 진출을 기록, 이 부문 최고 기록을 세웠으며 이는 종전 최고 기록보다 두 배 이상 많은 것이었습니다. 그가 선수 생활 동안 이뤄낸 뛰어난 성적들과 기록들을 인정받아 그는 2005년부터 2008년까지 4년 연속 로레우스 올해의 세계 스포츠인상을 수상하였습니다.

1.4 생애

페더러는 스위스 바젤 근처의 비닝겐에서 스위스 출신의 로버트 페더러(Robert Federer)와 남아프리카 공화국 출신의 리네트 뒤 랑(Lynette Du Rand) 부부의 아들로 태어났습니다.

그는 바젤 교외에 있는 뮌헨스타인에서 자랐으며, 이 지역은 프랑스와 독일 국경에서 매우 가까운 곳이었습니다.

그는 집에서 가족과 대화할 때에는 스위스식 독일어를 사용하고 독일어와 프랑스어, 그리고 영어 또한 유창하게 구사하며, 기자회견을 진행할 때에도 이 세 가지 언어를 모두 사용합니다.

그는 어린 시절 테니스 선수가 되기로 결정하기 전까지 축구를 함께 배웠으며, 축구 또한 프로 선수가 되는 것을 고려할 정도로 출중한 기량을 보였습니다. 그는 아직까지도 그의 고향 축구 클럽인 FC 바젤의 열렬한 팬입니다.

페더러는 다양한 자선 활동을 하고 있는 것으로도 잘 알려져 있습니다. 2003년에 그는 빈민층을 돕고 스포츠의 보급을 장려하기 위하여 로저 페더러 재단을 설립하였습니다. 2005년에는 허리케인 카트리나 피해자들을 돕기 위하여 2005년 US 오픈에서 사용되었던 그의 라켓을 경매에 내놓기도 하였습니다. 그는 2006년 유니세프 친선 대사로 임명되어 남아프리카 공화국 및 타밀나두를 방문하였습니다. 그는 에이즈에 대한 경각심을 촉구하는 유니세프의 광고에 참여하기도 하였습니다.

1.5 결혼

페더러는 2009년 4월 전 여자 프로 테니스 선수이자 그의 오랜 연인이었던 미르카 바브리넥과 결혼하였습니다. 두 사람은 2000년 시드니 올림픽에서 테니스 종목 스위스 국가 대표로 함께 출전하면서 만나게 되었습니다. 바브리넥은 고질적인 발 부상 때문에 2002년 투어에서 은퇴하였고 이후 페더러의 홍보 매니저 역할을 담당하였습니다.

오랜 연인 관계를 지속하던 이들은 2009년 3월에 페더러의 홈페이지를 통해 바브리넥의 임신을 발표하였으며, 이후 두 사람은 2009년 4월 11일 바젤에서 가까운 친척들과 친구들만이 참석한 가운데 조촐한 결혼식을 올렸습니다. 2009년 7월 24일, 페더러는 자신의 페이스북 홈페이지를 통해 두 쌍둥이 딸 밀라 로즈(Myla Rose)와 샤를렌 리바(Charlene Riva)가 7월 23일에 탄생했음을 알렸습니다.

2. 선수 경력

2.1 주니어

페더러는 6세 때 처음 테니스를 배우기 시작했습니다.

9살이 되면서 그룹 레슨에 참가하기 시작했으며, 그 이듬해부터는 개인 레슨을 시작했습니다. 14세 때는 스위스의 그룹 통합 주니어 챔피언이 되었으며 에쿠블렌스에 있는 스위스 내셔널 테니스 센터에서 트레이닝을 받을 주니어 선수로 선정되었습니다. 1996년부터 ITF 주니어 테니스 서킷에 참가하기 시작한 그는, 주니어 선수로 활동한 마지막 해였던 1998년에 윔블던 주니어 타이틀 및 가장 권위 있는 주니어 대회 중 하나인 연말 오렌지 보울 타이틀을 획득했습니다.

2.2 2003년

1월에 열린 호주 오픈에 참가한 페더러는 4회전에서 다비드 날반디안에게 패했습니다. 이후에 열린 하드 코트 대회인 마르세유 오픈과 두바이 테니스 챔피언십에서는 모두 우승했습니다. 그러나 ATP 마스터스 시리즈 대회인 인디언 웰즈 마스터스와 마이애미 마스터스에서는 초반에 탈락했습니다.

이후에 시작된 클레이 코트 시즌에서 그는 BMW 오픈에서 우승했으며 마스터스 시리즈 대회인 로마 마스터스와 함부르크 마스터스에서는 각각 준우승 및 3회전 진출의 성적을 거두었습니다. 프랑스 오픈에서 그는 5번 시드를 배정받아 출전했지만 1회전에서 루이스 오르나에게 패해 탈락하고 말았습니다.

이후 출전한 두 개의 잔디 코트 대회에서 모두 우승하면서 페더러는 이해 잔디 코트 경기 무패를 기록했습니다. 첫 번째는 게리 웨버 오픈에서 결승에서 니콜라 키퍼를 꺾고 우승한 것이었으며, 두 번째는 윔블던 결승에서 마크 필리포시스를 누르고 승리하면서 생애 최초의 메이저 대회 타이틀을 따낸 것입니다. 이해 윔블던에서 그는 3회전 마디 피시와의 경기에서 1세트를 내준 것 외에는 무실 세트를 기록하기도 했습니다.

이후 시작된 북미 여름 하드 코트 시즌 대회에서 그는 마스터스 시리즈 대회인 로저스 컵 준결승에서 앤디 로딕에게 패했습니다. 이전의 윔블던 준결승에서 앤디 로딕을 만났을 때는 페더러가 3 : 0으로 승리했던 바 있습니다. 또 다른 마스터스 시리즈 대회인 신시내티 마스터스와 US 오픈에서는 모두 2회전에서 다비드 날반디안에게 패했습니다.

연말 마스터스 컵 대회에 3번 시드로 출전한 그는 생애 최초로 연말 챔피언십 타이틀을 획득했습니다. 그는 예선 라운드 로빈 리그전에서 안드레 애거시, 다비드 날반디안, 후안 카를로스 페레로를 꺾었으며, 준결승에서는 당시 세계 랭킹 1위였던 앤디 로딕을, 그리고 결승에서는 안드레 애거시를 꺾으며 전승으로 우승했습니다. 2003년 연말 페더러의 최종 랭킹은 세계 랭킹 2위였습니다. 1위는 로딕, 3위는 페레로였습니다.

2.3 2004년

페더러는 2004년 한 해동안 매우 뛰어난 성적을 거두었습니다. 그의 이해 성적은 오픈 시대 전체를 통틀어서도 매우 탁월한 수준이었습니다. 그는 2004년에 4개 메이저 대회 중 프랑스 오픈을 제외한 3개 대회에서 우승하였고, 세계 랭킹 10위권 이내의 선수에게 단 한 차례도 패하지 않았으며, 결승에 진출한 대회에서는 모두 우승했고, ITF 테니스 세계 챔피언의 칭호까지 얻었습니다. 한 해 총전적은 74승 6패였고, 메이저 대회 3개 및 ATP 마스터스 시리즈 대회 3개를 포함해 총 11개 대회에서 우승했습니다.

1월에 열린 호주 오픈에서는 결승에서 마라트 사핀을 3 : 0으로 꺾으면서 생애 첫 호주 오픈 우승컵을 거머쥐었습니다.

이 우승으로 그는 앤디 로딕을 제치고 생애 처음으로 세계 랭킹 1위에 올라섰습니다. 그는 이후 2008년 8월 18일까지 237주(약 4년) 동안 세계 랭킹 1위를 지켰으며, 이것은 남녀 선수를 통틀어 역대 최장 '연속 세계 랭킹 1위' 기록입니다.

마이애미 마스터스에서는 라이벌 라파엘 나달과 처음으로 맞닥뜨렸으며, 페더러가 나달에게 패했습니다.

페더러는 이해 프랑스 오픈에 1번 시드로 출전했으나 3회전에서 이 대회 3회 우승자인 구스타보 쿠에르텐에게 패했습니다. 이후 윔블던에서는 결승에서 앤디 로딕을 꺾으면서 지난해에 이어 또다시 우승컵을 안았습니다. 그리고 US 오픈에서는 결승에서 호주의 레이튼 휴이트를 가볍게 꺾으면서 생애 첫 US 오픈 타이틀을 획득했습니다. 연말 마스터스 컵에서는 결승에서 레이튼 휴이트를 꺾고 2년 연속 우승을 기록했습니다.

2.4 2005년

호주 오픈 준결승에서 페더러는 이해 대회 우승자가 된 마라트 사핀을 만나 패했습니다. 그러나 이후 인디언 웰즈 마스터스에서 레이튼 휴이트를 3 : 0으로 꺾고 마이애미 마스터스에서 라파엘 나달을 5세트 만에 꺾으면서 두 개의 ATP 마스터스 시리즈 타이틀을 추가했습니다. 특히 마이애미 마스터스 결승에서는 나달에게 두 세트를 먼저 내주고 매치포인트가 얼마 남지 않은 상황에서 극적인 역전극을 펼쳤습니다.

프랑스 오픈에서는 준결승에서 4번 시드였던 나달을 만나 4세트 만에 패했습니다. 나달은 이해 프랑스 오픈에서 우승했습니다.

윔블던 결승에서는 전년도 결승에서도 만났던 앤디 로딕을 상대로 3세트를 내리 따내며 승리, 3년 연속 우승을 기록했습니다.

US 오픈 결승에서는 안드레 애거시를 4세트 만에 꺾으면서 우승했는데, 특히 1회전에서 준결승까지의 모든 경기에서 단 두 세트만을 잃었을 정도로 탁월한 경기력을 보여주었습니다. 이로써 페더러는 한 해에 윔블던과 US 오픈에서 모두 우승하는 것을 2년 연속으로 달성한 오픈 시대 이래 최초의 남자 선수가 되었습니다.

2.5 2006년

2006년에 페더러는 2004년에 이어 두 번째로 한 해 3개 메이저 대회 석권을 달성하였습니다. 그는 연말 랭킹에서도 1위를 기록했는데, 2위인 나달과는 수천 포인트의 차이가 나는 압도적인 성적이었습니다.

호주 오픈 결승에서는 키프로스의 마르코스 바그다티스를 3 : 1로 꺾고 우승했으며, 이로써 2003년 윔블던 우승 이후 메이저 대회 결승전 7연승을 달성했습니다. 이는 피트 샘프라스의 8연승(1995년 윔블던─2000년 윔블던) 다음으로 긴 기록이었습니다.

그는 호주 오픈 이후 개최된 ATP 마스터스 시리즈 대회인 인디언 웰즈 마스터스와 마이애미 마스터스에서도 우승했으며, 이로써 2년 연속으로 두 대회를 모두 우승한 역대 최초의 선수가 되었습니다.

페더러는 이해 생애 최초로 프랑스 오픈 결승에 진출했으나, 여기서도 디펜딩 챔피언인 나달을 만나 4세트 만에 패했습니다. 비록 프랑스 오픈 우승에는 실패했지만, 이로써 그는 당시 4개 메이저 대회 단식 결승에 모두 진출한 기록을 가진 2명의 현역 선수 중 한 명이 되었습니다.(나머지 한 명은 안드레 애거시였으며, 이해 9월 은퇴했습니다)

윔블던에 톱 시드로 출전하여 결승에 오를 때까지 단 한 세트도 잃지 않는 압도적인 경기력을 보인 페더러는, 결승에서 나달을 만나 4세트 만에 승리했으며 이로써 윔블던 4연패를 기록하게 되었습니다.

2006년 US 오픈 결승에서는 미국의 앤디 로딕을 4세트 만에 꺾고 우승했으며, 이로써 이 대회 3연패를 기록하였습니다.

페더러는 2006년 한 해 동안 메이저 대회 3개 및 마스터스 대회 4개를 포함, 총 12개 대회에서 우승했습니다. 이해에 그는 오직 두 명의 선수에게만 패했는데, 라파엘 나달에게 프랑스 오픈, 로마 마스터스, 몬테카를로 마스터스, 두바이 대회 결승에서 패했으며, 앤디 머레이에게 신시내티 마스터스 2회전에서 패했습니다. 특히 신시내티 마스터스 2회전은 그가 한 세트도 따지 못하고 패한 이해 유일한 경기였으며, 그가 결승에 진출하지 못한 17개 대회 중 하나가 되었습니다.

2.6 2007~

2007년에 페더러는 4개 메이저 대회에서 모두 결승에 진출하여 그중 3개 대회에서 우승했습니다. 호주 오픈 결승에서는 페르난도 곤살레스를 꺾었으며, 윔블던에서는 라파엘 나달, 그리고 US 오픈에서는 노박 조코비치에게 승리했습니다. 프랑스 오픈 결승에서는 나달에게 패해 준우승에 그쳤습니다.

2008년에는 메이저 대회 중 US 오픈에서 우승했습니다. 프랑스 오픈과 윔블던에서는 결승에서 두 번 나달을 만나 패하면서 준우승에 그쳤습니다. 호주 오픈에서는 준결승에서 노박 조코비치에게 패했으며, 이로써 그의 메이저 대회 10회 연속 결승 진출 기록도 멈추게 되었습니다.

그는 2008년 베이징 올림픽에도 참가했으며, 단식에서는 8강에서 미국의 제임스 블레이크에게 패했고 복식에서는 스위스의 동료 선수인 스타니슬라스 바브링카와 함께 출전하여 우승, 금메달을 획득했습니다.

2009년 페더러는 프랑스 오픈 결승에서 로빈 쇠델링을 꺾고 우승하면서 생애 첫 프랑스 오픈 타이틀을 획득했으며 이로써 커리어 그랜드슬램도 달성하였습니다. 또한 윔블던 결승에서는 5세트 접전 끝에 앤디 로딕을 꺾고 통산 6번째 윔블던 타이틀을 획득했으며, 이는 그의 개인 통산 15번째 메이저 대회 타이틀로서 이전 최고 기록이었던 피트 샘프라스의 메이저 대회 14회 우승 기록을 경신하는 것이었습니다.

2010년에는 호주 오픈 결승에서 앤디 머레이를 누르고 우승했습니다.

프랑스 오픈에서는 8강에서 로빈 쇠델링에게 패했으며, 이로써 2004년 프랑스 오픈 이후 계속되어 왔던 메이저 대회 준결승 연속 진출 기록도 23회에서 멈추게 되었습니다. 나달이 프랑스 오픈에서 우승하면서 대회 직후 페더러는 나달에게 세계 랭킹 1위 자리를 내주게 되었습니다. 당시 페더러는 피트 샘프라스의 총 286주 세계 랭킹 1위 기록과 동률을 이루는 데에 단 1주 만을 남겨놓고 있었습니다.

그는 윔블던에서 토마시 베르디흐에게 8강에서 패했으며, 이로 인해 7년 만에 처음으로 랭킹이 3위로 떨어졌습니다. US 오픈에서는 준결승에서 노박 조코비치에게 패했습니다. 시즌 마지막 대회인 ATP 월드 투어 파이널에서는 결승에서 나달을 6 : 3, 3 : 6, 6 : 1로 꺾고 이 대회에서 통산 5번째 우승을 달성했습니다.

*자료의 상당 부분은 위키피디아를 참조하였습니다

초대형 24시 만화방

신간 100%, 샤워실, 흡연실, 수면실(침대석), 커플석, 세탁기 완비

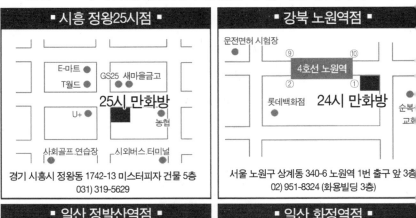

▪ 시흥 정왕25시점 ▪

경기 시흥시 정왕동 1742-13 미스터피자 건물 5층
031) 319-5629

▪ 강북 노원역점 ▪

서울 노원구 상계동 340-6 노원역 1번 출구 앞 3층
02) 951-8324 (화용빌딩 3층)

▪ 일산 정발산역점 ▪

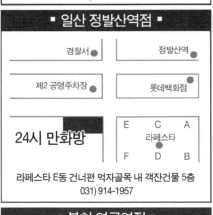

라페스타 E동 건너편 먹자골목 내 객잔건물 5층
031) 914-1957

▪ 일산 화정역점 ▪

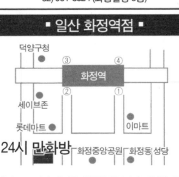

경기도 고양시 덕양구 화정동 984번지 서일빌딩 7층
031) 979-4874 (서일사우나 건물 7층)

▪ 부천 역곡역점 ▪

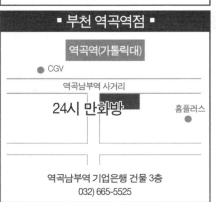

역곡남부역 기업은행 건물 3층
032) 665-5525

▪ 부평역점 ▪

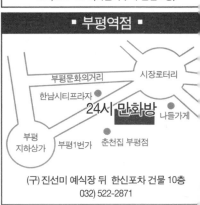

(구)진선미 예식장 뒤 한신포차 건물 10층
032) 522-2871